Jean-Paul Sartre

Les séquestrés d'Altona

PIÈCE EN CINQ ACTES

Gallimard

NOTE PRÉLIMINAIRE

J'ai cru forger le nom de Gerlach. Je me trompais : c'était une réminiscence. Je regrette mon erreur d'autant plus que ce nom est celui d'un des plus courageux et des plus notoires adversaires du National-Socialisme.

Hellmuth von Gerlach a consacré sa vie à lutter pour le rapprochement de la France et de l'Allemagne et pour la paix. En 1933, il figure en tête des proscrits allemands; on saisit ses biens et ceux de sa famille. Il devait mourir en exil, deux ans plus tard, après avoir consacré ses dernières forces à secourir ses compatriotes réfugiés.

Il est trop tard pour changer le nom de mes personnages, mais je prie ses amis et ses proches de trouver ici mes excuses et mes regrets.

Les séquestrés d'Altona *ont été représentés pour la première fois au Théâtre de la Renaissance (direction Vera Korène) le 23 septembre 1959.*

DISTRIBUTION

dans l'ordre d'entrée en scène :

LENI	Marie-Olivier
JOHANNA	Évelyne Rey
WERNER	Robert Moncade
LE PÈRE	Fernand Ledoux
FRANTZ	Serge Reggiani
LE S.S. ET L'AMÉRICAIN	William Wissmer
LA FEMME	Catherine Leccia
LIEUTENANT KLAGES	Georges Pierre
UN FELDWEBEL	André Bonnardel

*Mise en scène de François Darbon
Décors de Yvon Henry
Décors réalisés par Pierre Delorme
et peints par Pierre Simonini
Réalisation sonore d'Antonio Malvasio*

ACTE PREMIER

Une grande salle encombrée de meubles prétentieux et laids, dont la plupart datent de la fin du XIXe siècle allemand. Un escalier intérieur conduit à un petit palier. Sur ce palier, une porte close. Deux portes-fenêtres donnent, à droite, sur un parc touffu ; la lumière de l'extérieur semble presque verdie par les feuilles d'arbres qu'elle traverse. Au fond, à droite et à gauche, deux portes. Sur le mur du fond, trois immenses photos de Frantz ; un crêpe sur les cadres, en bas et à droite.

SCÈNE PREMIÈRE

LENI, WERNER, JOHANNA

Leni debout, Werner assis dans un fauteuil, Johanna assise sur un canapé. Ils ne parlent pas. Puis, au bout d'un instant, la grosse pendule allemande sonne trois coups. Werner se lève précipitamment.

LENI, *éclatant de rire.*

Garde-à-vous! *(Un temps.)* A trente-trois ans! *(Agacée.)* Mais rassieds-toi!

JOHANNA

Pourquoi? C'est l'heure?

LENI

L'heure? C'est le commencement de l'attente, voilà tout. *(Werner hausse les épaules. A Werner.)* Nous attendrons : tu le sais fort bien.

JOHANNA

Comment le saurait-il?

LENI

Parce que c'est la règle. A tous les conseils de famille...

JOHANNA

Il y en a eu beaucoup?

LENI

C'étaient nos fêtes.

JOHANNA

On a les fêtes qu'on peut. Alors?

LENI, *enchaînant.*

Werner était en avance et le vieil Hindenburg en retard.

WERNER, *à Johanna.*

N'en crois pas un mot : le père a toujours été d'une exactitude militaire.

LENI

Très juste. Nous l'attendions ici pendant qu'il fumait un cigare dans son bureau en regardant sa montre. A trois heures dix il faisait son entrée militairement. Dix minutes : pas une de plus, pas une de moins. Douze aux réunions du personnel, huit quand il présidait un conseil d'administration.

JOHANNA

Pourquoi se donner tant de peine?

LENI

Pour nous laisser le temps d'avoir peur.

JOHANNA

Et aux chantiers?

LENI

Un chef arrive le dernier.

JOHANNA, *stupéfaite.*

Quoi? Mais qui dit cela? *(Elle rit.)* Personne n'y croit plus.

LENI

Le vieil Hindenburg y a cru cinquante ans de sa vie.

JOHANNA

Peut-être bien, mais à présent...

LENI

A présent, il ne croit plus à rien. *(Un temps.)* Il aura pourtant dix minutes de retard. Les principes s'en vont, les habitudes restent : Bismarck vivait encore quand notre pauvre père a contracté les siennes. *(A Werner.)* Tu ne te les rappelles pas, nos attentes? *(A Johanna.)* Il tremblait, il demandait qui serait puni!

WERNER

Tu ne tremblais pas, Leni?

LENI, *sèchement, elle rit.*

Moi, je mourais de peur mais je me disais : il paiera.

JOHANNA, *ironiquement.*

Il a payé?

LENI, *souriante, mais très dure.*

Il paie. *(Elle se retourne sur Werner.)* Qui sera puni, Werner? Qui sera puni de nous deux? Comme cela nous rajeunit! *(Avec une brusque violence.)* Je déteste les victimes quand elles respectent leurs bourreaux.

JOHANNA

Werner n'est pas une victime.

LENI

Regardez-le.

JOHANNA, *désignant la glace.*

Regardez-vous.

LENI, *surprise.*

Moi?

JOHANNA

Vous n'êtes pas si fière! Et vous parlez beaucoup.

LENI

C'est pour vous distraire : il y a longtemps que

le père ne me fait plus peur. Et puis, cette fois-ci,
nous savons ce qu'il va nous dire.

WERNER

Je n'en ai pas la moindre idée.

LENI

Pas la moindre? Cagot, pharisien, tu enterres
tout ce qui te déplaît! *(A Johanna.)* Le vieil
Hindenburg va crever, Johanna. Est-ce que vous
l'ignoriez?

JOHANNA

Non.

WERNER

C'est faux! *(Il se met à trembler.)* Je te dis que
c'est faux.

LENI

Ne tremble pas! *(Brusque violence.)* Crever, oui,
crever! Comme un chien! Et tu as été prévenu :
la preuve, c'est que tu as tout raconté à Johanna.

JOHANNA

Vous vous trompez, Leni.

LENI

Allons donc! Il n'a pas de secrets pour vous.

JOHANNA

Eh bien, c'est qu'il en a.

LENI

Et qui vous a informée?

JOHANNA

Vous.

LENI, *stupéfaite.*

Moi?

JOHANNA

Il y a trois semaines, après la consultation, un des médecins est allé vous rejoindre au salon bleu.

LENI

Hilbert, oui. Après?

JOHANNA

Je vous ai rencontrée dans le couloir : il venait de prendre congé.

LENI

Et puis?

JOHANNA

Rien de plus. *(Un temps.)* Votre visage est très parlant, Leni.

LENI

Je ne savais pas cela. Merci. J'exultais?

JOHANNA

Vous aviez l'air épouvantée.

LENI, *criant.*

Ce n'est pas vrai!

> *Elle se reprend.*

JOHANNA, *doucement.*

Allez regarder votre bouche dans la glace : l'épouvante est restée.

LENI, *brièvement.*

Les glaces, je vous les laisse.

WERNER, *frappant sur le bras de son fauteuil.*

Assez! *(Il les regarde avec colère.)* Si c'est vrai que le père doit mourir, ayez la décence de vous taire. *(A Leni.)* Qu'est-ce qu'il a? *(Elle ne répond pas.)* Je te demande ce qu'il a.

LENI

Tu le sais.

WERNER

Ce n'est pas vrai!

LENI

Tu l'as su vingt minutes avant moi.

JOHANNA

Leni? Comment voulez-vous?...

LENI

Avant d'aller au salon bleu, Hilbert est passé par le salon rose. Il y a rencontré mon frère et lui a tout dit.

JOHANNA, *stupéfaite.*

Werner. *(Il se tasse dans son fauteuil sans répondre.)* Je... Je ne comprends pas.

LENI

Vous ne connaissez pas encore les Gerlach, Johanna.

JOHANNA, *désignant Werner.*

J'en ai connu un à Hambourg, il y a trois ans et je l'ai tout de suite aimé : il était libre, il était franc, il était gai. Comme vous l'avez changé!

LENI

Est-ce qu'il avait peur des mots, à Hambourg, votre Gerlach?

JOHANNA

Je vous dis que non.

LENI

Eh bien, c'est ici qu'il est vrai.

JOHANNA, *tournée vers Werner, tristement.*

Tu m'as menti!

WERNER, *vite et fort.*

Plus un mot. *(Désignant Leni.)* Regarde son sourire : elle prépare le terrain.

JOHANNA

Pour qui?

WERNER

Pour le père. Nous sommes les victimes désignées et leur premier objectif est de nous séparer. Quoi que tu puisses penser, ne me fais pas un reproche : tu jouerais leur jeu.

JOHANNA, *tendre, mais sérieuse.*

Je n'ai pas un reproche à te faire.

WERNER, *maniaque et distrait.*

Eh bien, tant mieux! Tant mieux!

JOHANNA

Que veulent-ils de nous?

WERNER

N'aie pas peur : ils nous le diront.

Un silence.

JOHANNA

Qu'est-ce qu'il a?

LENI

Qui?

JOHANNA

Le père.

LENI

Cancer à la gorge.

JOHANNA

On en meurt?

LENI

En général. *(Un temps.)* Il peut traîner. *(Dou-cement.)* Vous aviez de la sympathie pour lui, n'est-ce pas?

JOHANNA

J'en ai toujours.

LENI

Il plaisait à toutes les femmes. *(Un temps.)* Quelle expiation! Cette bouche qui fut tant aimée... *(Elle voit que Johanna ne comprend pas.)* Vous ne le savez peut-être pas, mais le cancer à la gorge a cet inconvénient majeur...

JOHANNA, *comprenant.*

Taisez-vous.

LENI

Vous devenez une Gerlach, bravo!

> *Elle va chercher la Bible, gros et lourd volume du XVIe siècle, et la transporte avec difficulté sur le guéridon.*

JOHANNA

Qu'est-ce que c'est?

LENI

La Bible. On la met sur la table quand il y a
conseil de famille. *(Johanna la regarde, étonnée.
Leni ajoute, un peu agacée.)* Eh bien, oui : pour
le cas où nous prêterions serment.

JOHANNA

Il n'y a pas de serment à prêter.

LENI

Sait-on jamais?

JOHANNA, *riant pour se rassurer.*

Vous ne croyez ni à Dieu ni au Diable.

LENI

C'est vrai. Mais nous allons au temple et nous
jurons sur la Bible. Je vous l'ai dit : cette famille
a perdu ses raisons de vivre, mais elle a gardé
ses bonnes habitudes. *(Elle regarde l'horloge.)*
Trois heures dix, Werner : tu peux te lever.

SCÈNE II

LES MÊMES, LE PÈRE

Au même instant, le Père entre par la porte-fenêtre. Werner entend la porte s'ouvrir et fait demi-tour. Johanna hésite à se lever; finalement, elle va s'y résoudre, de mauvaise grâce.

Mais le Père traverse la pièce d'un pas vif et l'oblige à se rasseoir en lui mettant les mains sur les épaules.

LE PÈRE

Je vous en prie, mon enfant. *(Elle se rassied, il s'incline, lui baise la main, se redresse assez brusquement, regarde Werner et Leni.)* En somme, je n'ai rien à vous apprendre? Tant mieux! Entrons dans le vif du sujet. Et sans cérémonies, n'est-ce pas? *(Un bref silence.)* Donc, je suis condamné. *(Werner lui prend le bras. Le Père se dégage presque brutalement.)* J'ai dit : pas de cérémonies. *(Werner, blessé, se détourne et se rassied. Un temps. Il les regarde tous les trois. D'une voix un peu rauque.)* Comme vous y croyez, vous, à ma mort! *(Sans les quitter des yeux, comme pour se persuader.)* Je vais crever. Je vais crever. C'est l'évidence. *(Il se reprend. Presque enjoué.)* Mes enfants, la Nature me joue le tour le plus ignoble. Je vaux ce que je vaux, mais ce corps n'a jamais incommodé personne. Dans six mois, j'aurai tous les inconvénients d'un cadavre sans en avoir les avantages. *(Sur un geste de Werner, en riant.)* Assieds-toi : je m'en irai décemment.

LENI, *intéressée et courtoise.*

Vous allez...

LE PÈRE

Crois-tu que je tolérerai l'extravagance de quelques cellules, moi qui fais flotter l'acier sur les mers? *(Un bref silence.)* Six mois c'est plus qu'il n'en faut pour mettre mes affaires en ordre.

WERNER

Et après ces six mois?

LE PÈRE

Après? Que veux-tu qu'il y ait : rien.

LENI

Rien du tout?

LE PÈRE

Une mort industrielle : la Nature pour la dernière fois rectifiée.

WERNER, *la gorge serrée.*

Rectifiée par qui?

LE PÈRE

Par toi, si tu en es capable. *(Werner sursaute, le Père rit.)* Allons, je me charge de tout : vous n'aurez que le souci des obsèques. *(Un silence.)* Assez là-dessus. *(Un long silence. A Johanna, aimablement.)* Mon enfant, je vous demande encore un peu de patience. *(A Leni et Werner, changeant de ton.)* Vous prêterez serment l'un après l'autre.

JOHANNA, *inquiète.*

Que de cérémonies! Et vous disiez que vous n'en vouliez pas. Qu'y a-t-il à jurer?

LE PÈRE, *bonhomme.*

Peu de chose, ma bru; de toute façon, les parentes par alliance sont dispensées du serment. *(Il se tourne vers son fils avec une solennité dont on ne sait si elle est ironique ou sincère.)* Werner, lève-toi. Mon fils, tu étais avocat. Lorsque Frantz est mort, je t'ai appelé à mon aide et tu as quitté le Barreau sans une hésitation. Cela vaut une récompense : tu seras le maître dans cette maison et le chef de l'entreprise. *(A Johanna.)* Rien d'inquiétant comme vous le voyez : j'en fais un roi de ce monde. *(Johanna se tait.)* Pas d'accord?

JOHANNA

Ce n'est pas à moi de vous répondre.

LE PÈRE

Werner! *(Impatienté.)* Tu refuses?

WERNER, *sombre et troublé.*

Je ferai ce que vous voudrez.

LE PÈRE

Cela va de soi. *(Il le regarde.)* Mais tu répugnes
à le faire?

WERNER

Oui.

LE PÈRE

La plus grande entreprise de constructions
navales! On te la donne et cela te navre. Pourquoi?

WERNER

Je... mettons que je n'en sois pas digne.

LE PÈRE

C'est fort probable. Mais je n'y peux rien : tu
es mon seul héritier mâle.

WERNER

Frantz avait toutes les qualités requises.

LE PÈRE

Sauf une, puisqu'il est mort.

WERNER

Figurez-vous que j'étais un bon avocat. Et que je me résignerai mal à faire un mauvais chef.

LE PÈRE

Tu ne seras peut-être pas si mauvais.

WERNER

Quand je regarde un homme dans les yeux, je deviens incapable de lui donner des ordres.

LE PÈRE

Pourquoi?

WERNER

Je sens qu'il me vaut.

LE PÈRE

Regarde au-dessus des yeux. *(Se touchant le front.)* Là, par exemple : il n'y a que de l'os.

WERNER

Il faudrait avoir votre orgueil.

LE PÈRE

Tu ne l'as pas?

WERNER

D'où l'aurais-je tiré? Pour façonner Frantz à votre image, vous n'avez rien épargné. Est-ce

ma faute si vous ne m'avez enseigné que l'obéis-
sance passive?

LE PÈRE

C'est la même chose.

WERNER

Quoi? Qu'est-ce qui est la même chose?

LE PÈRE

Obéir et commander : dans les deux cas tu
transmets les ordres que tu as reçus.

WERNER

Vous en recevez?

LE PÈRE

Il y a très peu de temps que je n'en reçois
plus.

WERNER

Qui vous en donnait?

LE PÈRE

Je ne sais pas. Moi, peut-être. *(Souriant.)* Je
te donne la recette : si tu veux commander, prends-
toi pour un autre.

WERNER

Je ne me prends pour personne.

LE PÈRE

Attends que je meure : au bout d'une semaine tu te prendras pour moi.

WERNER

Décider! Décider! Prendre tout sur soi. Seul. Au nom de cent mille hommes. Et vous avez pu vivre!

LE PÈRE

Il y a beau temps que je ne décide plus rien. Je signe le courrier. L'année prochaine, c'est toi qui le signeras.

WERNER

Vous ne faites rien d'autre?

LE PÈRE

Rien depuis près de dix ans.

WERNER

Qu'y a-t-il besoin de vous? N'importe qui suffirait?

LE PÈRE

N'importe qui.

WERNER

Moi, par exemple?

LE PÈRE

Par exemple.

WERNER

Tout n'est pas parfait : cependant, il y a tant de rouages. Si l'un d'eux venait à grincer...

LE PÈRE

Pour les rajustements, Gelber sera là. Un homme remarquable, tu sais. Et qui est chez nous depuis vingt-cinq ans.

WERNER

Somme toute, j'ai de la chance. C'est lui qui commandera.

LE PÈRE

Gelber? Tu es fou! C'est ton employé : tu le paies pour qu'il te fasse connaître les ordres que tu dois donner.

WERNER, *un temps.*

Oh! père, pas une fois dans votre vie, vous ne m'aurez fait confiance. Vous me jetez à la tête de l'entreprise parce que je suis votre seul héritier mâle, mais vous avez eu d'abord la précaution de me transformer en pot de fleurs.

LE PÈRE, *riant tristement.*

Un pot de fleurs! Et moi? Que suis-je? Un chapeau au bout d'un mât. *(D'un air triste et doux, presque sénile.)* La plus grande entreprise d'Europe... C'est toute une organisation, n'est-ce pas, toute une organisation...

WERNER

Parfait. Si je trouve le temps long, je relirai mes plaidoiries. Et puis nous voyagerons.

LE PÈRE

Non.

WERNER, *étonné.*

C'est ce que je peux faire de plus discret.

LE PÈRE, *impérieux et cassant.*

Hors de question. *(Il regarde Werner et Leni.)* A présent, écoutez-moi. L'héritage reste indivis. Interdiction formelle de vendre ou de céder vos parts à qui que ce soit. Interdiction de vendre ou de louer cette maison. Interdiction de la quitter : vous y vivrez jusqu'à la mort. Jurez. *(A Leni.)* Commence.

LENI, *souriante.*

Honnêtement, je vous rappelle que les serments ne m'engagent pas.

LE PÈRE, *souriant aussi.*

Va, va, Leni, je me fie à toi : donne l'exemple à ton frère.

LENI *s'approche de la Bible et tend la main.*

Je... *(Elle lutte contre le fou rire.)* Oh! et puis, tant pis : vous m'excuserez, père, mais j'ai le fou rire. *(A Johanna, en aparté.)* Comme chaque fois.

LE PÈRE, *bonhomme*.

Ris, mon enfant : je ne te demande que de jurer.

LENI, *souriant*.

Je jure sur la Sainte Bible d'obéir à vos dernières volontés. *(Le Père la regarde en riant. A Werner.)* A toi, chef de famille!

Werner a l'air absent.

LE PÈRE

Eh bien, Werner?

Werner lève brusquement la tête et regarde son père d'un air traqué.

LENI, *sérieusement*.

Délivre-nous, mon frère : jure et tout sera fini.

Werner se tourne vers la Bible.

JOHANNA, *d'une voix courtoise et tranquille*.

Un instant, s'il vous plaît. *(Le Père la regarde en feignant la stupeur pour l'intimider; elle lui rend son regard sans s'émouvoir.)* Le serment de Leni, c'était une farce : tout le monde riait; quand vient le tour de Werner, personne ne rit plus. Pourquoi?

LENI

Parce que votre mari prend tout au sérieux.

JOHANNA

Une raison de plus pour rire. *(Un temps.)* Vous le guettiez, Leni.

LE PÈRE, *avec autorité.*

Johanna...

JOHANNA

Vous aussi, père, vous le guettiez.

LENI

Donc vous me guettiez aussi.

JOHANNA

Père, je souhaite que nous nous expliquions
franchement.

LE PÈRE, *amusé.*

Vous et moi?

JOHANNA

Vous et moi. *(Le Père sourit. Johanna prend la
Bible et la transporte avec effort sur un meuble
plus éloigné.)* D'abord, causer; ensuite, jure qui
voudra.

LENI

Werner! Tu laisseras ta femme te défendre?

WERNER

Est-ce qu'on m'attaque?

JOHANNA, *au Père.*

Je voudrais savoir pourquoi vous disposez de
ma vie?

LE PÈRE, *désignant Werner.*

Je dispose de la sienne parce qu'elle m'appartient, mais je suis sans pouvoir sur la vôtre.

JOHANNA, *souriant.*

Croyez-vous que nous avons deux vies? Vous êtes marié, pourtant. Aimiez-vous leur mère?

LE PÈRE

Comme il faut.

JOHANNA, *souriant.*

Je vois. Elle en est morte. Nous, père, nous nous aimons plus qu'il ne faut. Tout ce qui nous concernait, nous en décidions ensemble. *(Un temps.)* S'il jure sous la contrainte, s'il s'enferme dans cette maison pour rester fidèle à son serment, il aura décidé sans moi et contre moi; vous nous séparez pour toujours.

LE PÈRE, *avec un sourire.*

Notre maison ne vous plaît pas?

JOHANNA

Pas du tout.

Un silence.

LE PÈRE

De quoi vous plaignez-vous, ma bru?

JOHANNA

J'ai épousé un avocat de Hambourg qui ne

possédait que son talent. Trois ans plus tard, je
me retrouve dans la solitude de cette forteresse,
mariée à un constructeur de bateaux.

LE PÈRE

Est-ce un sort si misérable?

JOHANNA

Pour moi, oui. J'aimais Werner pour son indépendance et vous savez bien qu'il l'a perdue.

LE PÈRE

Qui la lui a prise?

JOHANNA

Vous.

LE PÈRE

Il y a dix-huit mois, vous avez décidé ensemble
de venir vous installer ici.

JOHANNA

Vous nous l'aviez demandé.

LE PÈRE

Eh bien, si faute il y a, vous êtes complice.

JOHANNA

Je n'ai pas voulu lui donner à choisir entre vous
et moi.

LE PÈRE

Vous avez eu tort.

LENI, *aimablement.*

C'est vous qu'il aurait choisi.

JOHANNA

Une chance sur deux. Cent chances sur cent pour qu'il déteste son choix.

LE PÈRE

Pourquoi?

JOHANNA

Parce qu'il vous aime. *(Le Père hausse les épaules d'un air maussade.)* Savez-vous ce que c'est qu'un amour sans espoir?

Le Père change de visage. Leni s'en aperçoit.

LENI, *vivement.*

Et vous, Johanna, le savez-vous?

JOHANNA, *froidement.*

Non. *(Un temps.)* Werner le sait, lui.

Werner s'est levé; il marche vers la porte-fenêtre.

LE PÈRE, *à Werner.*

Où vas-tu?

WERNER

Je me retire. Vous serez plus à l'aise.

JOHANNA

Werner! C'est pour *nous* que je me bats.

WERNER

Pour nous? *(Très bref.)* Chez les Gerlach, les
femmes se taisent.

Il va pour sortir.

LE PÈRE, *doux et impérieux.*

Werner! *(Werner s'arrête net.)* Reviens t'asseoir.

*Werner revient lentement à sa place et s'as-
sied en leur tournant le dos et en enfouissant
sa tête dans ses mains pour marquer qu'il
refuse de prendre part à la conversation.*

WERNER

A Johanna!

LE PÈRE

Bon! Eh bien, ma bru?

JOHANNA, *regard inquiet vers Werner.*

Remettons cet entretien. Je suis très fatiguée.

LE PÈRE

Non, mon enfant; vous l'avez commencé : il
faut le terminer. *(Un temps. Johanna, désemparée,*

regarde Werner en silence.) Dois-je comprendre
que vous refusez d'habiter ici après ma mort?

JOHANNA, *presque suppliante.*

Werner! *(Silence de Werner. Elle change brusquement d'attitude.)* Oui, père. C'est ce que je veux
dire.

LE PÈRE

Où logerez-vous?

JOHANNA

Dans notre ancien appartement.

LE PÈRE

Vous rctournerez à Hambourg?

JOHANNA

Nous y retournerons.

LENI

Si Werner le veut.

JOHANNA

Il le voudra.

LE PÈRE

Et l'Entreprise? Vous acceptez qu'il en soit le
chef?

JOHANNA

Oui, si c'est votre bon plaisir et si Werner a du goût pour jouer les patrons de paille.

LE PÈRE, *comme s'il réfléchissait.*

Habiter à Hambourg...

JOHANNA, *avec espoir.*

Nous ne vous demandons rien d'autre. Est-ce que vous ne nous ferez pas cette unique concession?

LE PÈRE, *aimable, mais définitif.*

Non. *(Un temps.)* Mon fils demeurera ici pour y vivre et pour y mourir comme je fais et comme ont fait mon père et mon grand-père.

JOHANNA

Pourquoi?

LE PÈRE

Pourquoi pas?

JOHANNA

La maison réclame des habitants?

LE PÈRE

Oui.

JOHANNA, *brève violence.*

Alors, qu'elle croule!

Leni éclate de rire.

LENI, *courtoisement.*

Voulez-vous que j'y mette le feu? Dans mon enfance, c'était un de mes rêves.

LE PÈRE *regarde autour de lui, amusé.*

Pauvre demeure : est-ce qu'elle vaut tant de haine?... C'est à Werner qu'elle fait horreur?

JOHANNA

A Werner et à moi. Que c'est laid!

LENI

Nous le savons.

JOHANNA

Nous sommes quatre; à la fin de l'année nous serons trois. Est-ce qu'il nous faut trente-deux pièces encombrées? Quand Werner est aux chantiers, j'ai peur.

LE PÈRE

Et voilà pourquoi vous nous quitteriez? Ce ne sont pas des raisons sérieuses.

JOHANNA

Non.

LE PÈRE

Il y en a d'autres?

JOHANNA

Oui.

LE PÈRE

Voyons cela.

WERNER, *dans un cri.*

Johanna, je te défends...

JOHANNA

Eh bien, parle toi-même!

WERNER

A quoi bon? Tu sais bien que je lui obéirai!

JOHANNA

Pourquoi?

WERNER

C'est le père. Ah! finissons-en.

Il se lève.

JOHANNA, *se plaçant devant lui.*

Non, Werner, non!

LE PÈRE

Il a raison, ma bru. Finissons-en. Une famille, c'est une maison. Je vous demande à *vous* d'habiter cette maison parce que vous êtes entrée dans notre famille.

JOHANNA, *riant.*

La famille a bon dos et ce n'est pas à elle que vous nous sacrifiez.

LE PÈRE

A qui donc, alors?

WERNER

Johanna!

JOHANNA

A votre fils aîné.

Un long silence.

LENI, *calmement.*

Frantz est mort en Argentine, il y a près de quatre ans. *(Johanna lui rit au nez.)* Nous avons reçu le certificat de décès en 56 : allez à la mairie d'Altona, on vous l'y montrera.

JOHANNA

Mort? Je veux bien : comment appeler la vie qu'il mène? Ce qui est sûr, mort ou vif, c'est qu'il habite ici.

LENI

Non!

JOHANNA, *geste vers la porte du premier étage.*

Là-haut. Derrière cette porte.

LENI

Quelle folie! Qui vous l'a racontée?

Un temps. Werner se lève tranquillement. Dès qu'il s'agit de son frère, ses yeux brillent, il reprend de l'assurance.

WERNER

Qui veux-tu que ce soit? Moi.

LENI

Sur l'oreiller?

JOHANNA

Pourquoi pas?

LENI

Pfoui!

WERNER

C'est ma femme. Elle a le droit de savoir ce que je sais.

LENI

Le droit de l'amour? Que vous êtes fades! Je donnerais mon âme et ma peau pour l'homme que j'aimerais, mais je lui mentirais toute ma vie, s'il le fallait.

WERNER, *violent.*

Écoutez cette aveugle qui parle des couleurs. A qui mentirais-tu? A des perroquets?

LE PÈRE, *impérieusement.*

Taisez-vous tous les trois. *(Il caresse les cheveux de Leni.)* Le crâne est dur, mais les cheveux sont doux. *(Elle se dégage brutalement, il reste aux aguets.)* Frantz vit là-haut depuis treize ans; il ne

quitte pas sa chambre et personne ne le voit sauf
Leni qui prend soin de lui.

WERNER

Et sauf vous.

LE PÈRE

Sauf moi? Qui t'a dit cela? Leni? Et tu l'as
crue? Comme vous vous entendez, tous les deux,
quand il s'agit de te faire du mal. *(Un temps.)*
Il y a treize ans que je ne l'ai pas revu.

WERNER, *stupéfait.*

Mais pourquoi?

LE PÈRE, *très naturellement.*

Parce qu'il ne veut pas me recevoir.

WERNER, *désorienté.*

Ah, bon! *(Un temps.)* Bon!

Il revient à sa place.

LE PÈRE, *à Johanna.*

Je vous remercie, mon enfant. Dans la famille,
voyez-vous, nous n'avons aucune prévention contre
la vérité. Mais chaque fois que c'est possible, nous
nous arrangeons pour qu'elle soit dite par un
étranger. *(Un temps.)* Donc, Frantz vit là-haut,
malade et seul. Qu'est-ce que cela change?

JOHANNA

A peu près tout. *(Un temps.)* Soyez content,

père : une parente par alliance, une étrangère, dira
la vérité pour vous. Voilà ce que je sais : un scandale éclate en 46 — je ne sais lequel, puisque mon
mari était encore prisonnier en France. Il semble
qu'il y ait eu des poursuites judiciaires. Frantz
disparaît, vous le dites en Argentine; en fait, il se
cache ici. En 56, Gelber fait un voyage éclair en
Amérique du Sud et rapporte un certificat de
décès. Quelque temps après, vous donnez l'ordre
à Werner de renoncer à sa carrière et vous l'ins-
tallez ici, à titre de futur héritier. Je me trompe?

LE PÈRE

Non. Continuez.

JOHANNA

Je n'ai plus rien à dire. Qui était Frantz, ce
qu'il a fait, ce qu'il est devenu, je l'ignore. Voici
ma seule certitude : si nous restions, ce serait pour
lui servir d'esclaves.

LENI, *violente.*

C'est faux! Je lui suffis.

JOHANNA

Il faut bien croire que non.

LENI

Il ne veut voir que moi!

JOHANNA

Cela se peut, mais le père le protège de loin et

c'est nous, plus tard, qui devrons le protéger. Ou
le surveiller. Peut-être serons-nous des esclaves-
geôliers.

LENI, *outrée.*

Est-ce que je suis sa geôlière?

JOHANNA

Qu'en sais-je? Si c'était vous — vous deux —
qui l'aviez enfermé?

Un silence. Leni tire une clef de sa poche.

LENI

Montez l'escalier et frappez. S'il n'ouvre pas,
voici la clef.

JOHANNA, *prenant la clef.*

Merci. *(Elle regarde Werner.)* Que dois-je faire,
Werner?

WERNER

Ce que tu veux. D'une manière ou d'une autre,
tu verras que c'est un attrape-nigaud...

*Johanna hésite, puis gravit lentement l'es-
calier. Elle frappe à la porte. Une fois, deux
fois. Une sorte de furie nerveuse la prend :
grêle de coups contre la porte. Elle se retourne
vers la salle et se dispose à descendre.*

LENI, *tranquillement.*

Vous avez la clef. *(Un temps. Johanna hésite,
elle a peur, Werner est anxieux et agité. Johanna*

se maîtrise, introduit la clef dans la serrure et tente vainement d'ouvrir bien que la clef tourne.) Eh bien?

JOHANNA

Il y a un verrou intérieur. On a dû le tirer.

> *Elle commence à redescendre.*

LENI

Qui l'a tiré? Moi?

JOHANNA

Il y a peut-être une autre porte.

LENI

Vous savez bien que non. Ce pavillon est isolé. Si quelqu'un a mis le verrou, ce ne peut être que Frantz. *(Johanna est arrivée en bas de l'escalier.)* Alors? Nous le séquestrons, le pauvre?

JOHANNA

Il y a bien des façons de séquestrer un homme. La meilleure est de s'arranger pour qu'il se séquestre lui-même.

LENI

Comment fait-on?

JOHANNA

On lui ment.

> *Elle regarde Leni qui semble déconcertée.*

LE PÈRE, *à Werner, vivement.*

Tu as plaidé dans des affaires de ce genre?

WERNER

Quelles affaires?

LE PÈRE

Séquestration.

WERNER, *la gorge serrée.*

Une fois.

LE PÈRE

Bien. Suppose qu'on perquisitionne ici : le parquet se saisira de l'affaire, n'est-ce pas?

WERNER, *pris au piège.*

Pourquoi perquisitionnerait-on? En treize ans, cela ne s'est jamais produit.

LE PÈRE

J'étais là.

Un silence.

LENI, *à Johanna.*

Et puis, je conduis trop vite, vous me l'avez dit. Je peux faire la rencontre d'un arbre. Que deviendrait Frantz?

JOHANNA

S'il a sa raison, il appelle les domestiques.

LENI

Il a sa raison, mais il ne les appellera pas. *(Un temps.)* On apprendra la mort de mon frère par le nez! *(Un temps.)* Ils enfonceront la porte et le trouveront sur le parquet, au milieu des coquilles.

JOHANNA

Quelles coquilles?

LENI

Il aime les huîtres.

LE PÈRE, *à Johanna, amicalement.*

Écoutez-la, ma bru. S'il meurt, c'est le scandale du siècle. *(Elle se tait.)* Le scandale du siècle, Johanna...

JOHANNA, *durement.*

Que vous importe? Vous serez sous terre.

LE PÈRE, *souriant.*

Moi, oui. Pas vous. Venons à cette affaire de 46. Est-ce qu'il y a prescription? Réponds! C'est ton métier.

WERNER

Je ne connais pas le délit.

LE PÈRE

Au mieux : coups et blessures; au pire : tentative de meurtre.

WERNER, *gorge nouée.*

Pas de prescription.

LE PÈRE

Eh bien, tu sais ce qui nous attend : complicité dans une tentative de meurtre, faux et usage de faux, séquestration.

WERNER

Un faux? Quel faux?

LE PÈRE, *riant.*

Le certificat de décès, voyons! Il m'a coûté assez cher. *(Un temps.)* Qu'en dis-tu, l'avocat? C'est la cour d'assises?

Werner se tait.

JOHANNA

Werner, le tour est joué. A nous de choisir : nous serons les domestiques du fou qu'ils te préfèrent ou nous nous assoirons sur le banc des accusés. Quel est ton choix? Le mien est fait : la cour d'assises. Mieux vaut la prison à terme que le bagne à perpétuité. *(Un temps.)* Eh bien?

Werner se tait. Elle fait un geste de découragement.

LE PÈRE, *chaleureusement.*

Mes enfants, je tombe des nues. Un chantage! Des pièges! Tout sonne faux! Tout est forcé. Mon fils, je ne te demande qu'un peu de pitié pour ton

frère. Il y a des circonstances que Leni ne peut
affronter seule. Pour le reste vous serez libres
comme l'air. Vous verrez : tout finira bien. Frantz
ne vivra pas très longtemps, j'en ai peur : une
nuit, vous l'ensevelirez dans le parc; avec lui dis-
paraîtra le dernier des *vrais* von Gerlach... *(Geste
de Werner.)* ...je veux dire le dernier monstre.
Vous deux vous êtes sains et normaux. Vous
aurez des enfants normaux qui habiteront où ils
voudront. Restez, Johanna! pour les fils de Werner. Ils hériteront de l'Entreprise : c'est une puissance fabuleuse et vous n'avez pas le droit de les
en priver.

WERNER, *sursautant, les yeux durs et brillants.*

Hein? *(Tout le monde le regarde.)* Vous avez
bien dit : pour les fils de Werner? *(Le Père étonné
fait un signe affirmatif. Triomphant.)* La voilà,
Johanna, la voilà la fausse manœuvre. Werner
et ses enfants, père, vous vous en foutez. Vous vous
en foutez! Vous vous en foutez! *(Johanna se rapproche de lui. Un temps.)* Même si vous viviez
assez longtemps pour voir mon premier fils, il
vous répugnerait parce que ce serait la chair de
ma chair et que je vous ai répugné dans ma chair
du jour où je suis né! *(A Johanna.)* Pauvre père!
Quel gâchis! Les enfants de Frantz, il les aurait
adorés.

JOHANNA, *impérieusement.*

Arrête! Tu t'écoutes parler. Nous sommes perdus si tu te prends en pitié.

WERNER

Au contraire : je me délivre. Qu'est-ce que tu veux? Que je les envoie promener?

JOHANNA

Oui.

WERNER, *riant.*

A la bonne heure.

JOHANNA

Dis-leur *non*. Sans cris, sans rire. Tout simplement : non.

> *Werner se tourne vers le Père et Leni. Ils le regardent en silence.*

WERNER

Ils me regardent.

JOHANNA

Eh bien? *(Werner hausse les épaules et va se rasseoir. Avec une profonde lassitude.)* Werner!

> *Il ne la regarde plus. Un long silence.*

LE PÈRE, *discrètement triomphant.*

Eh bien, ma bru?

JOHANNA

Il n'a pas juré.

LE PÈRE

Il y vient. Les faibles servent les forts : c'est la loi.

JOHANNA, *blessée.*

Qui est fort, selon vous? Le demi-fou, là-haut, plus désarmé qu'un nourrisson ou mon mari que vous avez abandonné et qui s'est tiré d'affaire seul?

LE PÈRE

Werner est faible, Frantz est fort : personne n'y peut rien.

JOHANNA

Qu'est-ce qu'ils font sur terre, les forts?

LE PÈRE

En général, ils ne font rien.

JOHANNA

Je vois.

LE PÈRE

Ce sont des gens qui vivent par nature dans l'intimité de la mort. Ils tiennent le destin des autres dans leurs mains.

JOHANNA

Frantz est ainsi?

LE PÈRE

Oui.

JOHANNA

Qu'en savez-vous, après treize ans?

LE PÈRE

Nous sommes quatre ici dont il est le destin sans même y penser.

JOHANNA

A quoi pense-t-il donc?

LENI, *ironique et brutale, mais sincère.*

A des crabes.

JOHANNA, *ironique.*

Toute la journée?

LENI

C'est très absorbant.

JOHANNA

Quelles vieilleries! Elles ont l'âge de vos meubles. Voyons! Vous n'y croyez pas.

LE PÈRE, *souriant.*

Je n'ai que six mois de vie, ma bru : c'est trop court pour croire à quoi que ce soit. *(Un temps.)* Werner y croit, lui.

WERNER

Vous faites erreur, père. C'étaient vos idées, non les miennes et vous me les avez inculquées. Mais puisque vous les avez perdues en cours de route, vous ne trouverez pas mal que je m'en sois délivré. Je suis un homme comme les autres. Ni fort ni faible, n'importe qui. Je tâche de vivre. Et Frantz, je ne sais pas si je le reconnaîtrais encore, mais je suis sûr que c'est n'importe qui. *(Il montre les photos de Frantz à Johanna.)* Qu'a-t-il de plus que moi? *(Il le regarde, fasciné.)* Il n'est même pas beau!

LENI, *ironique.*

Eh non! Même pas!

WERNER, *toujours fasciné, faiblissant déjà.*

Et quand je serais né pour le servir? Il y a des esclaves qui se révoltent. Mon frère ne sera pas mon destin.

LENI

Tu préfères que ce soit ta femme?

JOHANNA

Vous me comptez parmi les forts?

LENI

Oui.

JOHANNA

Quelle idée singulière! Pourquoi donc?

LENI

Vous étiez actrice, n'est-ce pas? Une star?

JOHANNA

En effet. Et puis, j'ai raté ma carrière. Après?

LENI

Après? Eh bien, vous avez épousé Werner :
depuis, vous ne faites rien et vous pensez à la
mort.

JOHANNA

Si vous cherchez à l'humilier, vous perdez votre
peine. Quand il m'a rencontrée, j'avais quitté la
scène et le plateau pour toujours, j'étais folle : il
peut être fier de m'avoir sauvée.

LENI

Je parie qu'il ne l'est pas.

JOHANNA, *à Werner.*

A toi de parler.

> *Un silence. Werner ne répond pas.*

LENI

Comme vous l'embarrassez, le pauvre. *(Un
temps.)* Johanna, l'auriez-vous choisi sans votre
échec? Il y a des mariages qui sont des enterre-
ments.

> *Johanna veut répondre. Le Père l'inter-
rompt.*

LE PÈRE

Leni! *(Il lui caresse la tête, elle se dérobe avec colère.)* Tu te surpasses, ma fille. Si j'étais vaniteux, je croirais que ma mort t'exaspère.

LENI, *vivement.*

N'en doutez pas, mon père. Vous voyez bien qu'elle compliquera le service.

LE PÈRE, *se mettant à rire, à Johanna.*

N'en veuillez pas à Leni, mon enfant. Elle veut dire que nous sommes de la même espèce : vous, Frantz et moi. *(Un temps.)* Vous me plaisez, Johanna. Parfois, il m'a semblé que vous me pleureriez. Vous serez bien la seule.

Il lui sourit.

JOHANNA, *brusquement.*

Si vous avez encore des soucis de vivant et si j'ai la chance de vous plaire, comment osez-vous humilier mon mari devant moi? *(Le Père hoche la tête sans répondre.)* Êtes-vous de ce côté-ci de la mort?

LE PÈRE

De ce côté, de l'autre : cela ne fait plus de différence. Six mois : je ne suis pas un vieillard d'avenir. *(Il regarde dans le vide et parle pour lui-même.)* L'Entreprise croîtra sans cesse, les investissements privés ne suffiront plus, il faudra que l'État y mette son nez; Frantz restera là-haut dix ans, vingt ans. Il souffrira...

LENI, *péremptoire.*

Il ne souffre pas.

LE PÈRE, *sans l'entendre.*

Ma mort, à présent, c'est ma vie qui continue sans que je sois dedans. *(Un silence. Il s'est assis, lassé, le regard fixe.)* Il aura des cheveux gris... la mauvaise graisse des prisonniers...

LENI, *violemment.*

Taisez-vous!

LE PÈRE, *sans l'entendre.*

C'est insupportable.

Il a l'air de souffrir.

WERNER, *lentement.*

Serez-vous moins malheureux si nous restons ici?

JOHANNA, *vite.*

Prends garde!

WERNER

A quoi? C'est mon père, je ne veux pas qu'il souffre.

JOHANNA

Il souffre pour l'autre.

WERNER

Tant pis.

> *Il va prendre la Bible et la rapporte sur la*
> *table où Leni l'avait posée.*

JOHANNA, *même jeu.*

Il te joue la comédie.

WERNER, *mauvais, ton plein de sous-entendus.*

Et toi? Tu ne me la joues pas? *(Au Père.)*
Répondez... Serez-vous moins malheureux...

LE PÈRE

Je ne sais pas.

WERNER, *au Père.*

Nous verrons bien.

> *Un temps. Ni le Père ni Leni ne font un*
> *geste. Ils attendent, aux aguets.*

JOHANNA

Une question. Une seule question et tu feras ce
que tu voudras.

> *Werner la regarde, d'un air sombre et buté.*

LE PÈRE

Attends un peu, Werner. *(Werner s'écarte de la*
Bible avec un grognement qui peut passer pour un
acquiescement.) Quelle question, ma bru?

JOHANNA

Pourquoi Frantz s'est-il séquestré?

LE PÈRE

Cela fait beaucoup de questions en une.

JOHANNA

Racontez-moi ce qui s'est passé.

LE PÈRE, *ironie légère.*

Eh bien, il y a eu la guerre.

JOHANNA

Oui, pour tout le monde. Est-ce que les autres se cachent?

LE PÈRE

Ceux qui se cachent, vous ne les voyez pas.

JOHANNA

Donc, il s'est battu?

LE PÈRE

Jusqu'au bout.

JOHANNA

Sur quel front?

LE PÈRE

En Russie.

JOHANNA

Quand est-il revenu?

LE PÈRE

Pendant l'automne de 46.

JOHANNA

C'est tard. Pourquoi?

LE PÈRE

Son régiment s'est fait anéantir. Frantz est revenu à pied, en se cachant à travers la Pologne et l'Allemagne occupée. Un jour on a sonné. *(Sonnerie lointaine et comme effacée.)* C'était lui.

Frantz apparaît au fond, derrière son père, dans une zone de pénombre. Il est en civil, il a l'air jeune : vingt-trois ou vingt-quatre ans.

Johanna, Werner et Leni, dans ce flash-back et dans le suivant, ne verront pas le personnage évoqué. Seuls ceux qui font l'évocation — le Père dans ces deux premières scènes-souvenirs, Leni et le Père dans la troisième — se tournent vers ceux qu'ils évoquent alors qu'ils ont à leur parler. Le ton et le jeu des personnages qui jouent une scène-souvenir doivent comporter une sorte de recul, de « distanciation » qui, même dans la violence, distingue le passé du présent. Pour le moment personne ne voit Frantz, pas même le Père.

Frantz porte une bouteille de champagne débouchée dans la main droite; on ne la distinguera que lorsqu'il aura l'occasion de boire. Une coupe à champagne, posée près de lui sur une console, est dissimulée par des bibelots. Il la prendra lorsqu'il devra boire.

JOHANNA

Il s'est enfermé tout de suite?

LE PÈRE

Dans la maison, tout de suite; dans sa chambre,
un an plus tard.

JOHANNA

Pendant cette année-là, vous l'avez vu tous les
jours?

LE PÈRE

A peu près.

JOHANNA

Que faisait-il?

LE PÈRE

Il buvait.

JOHANNA

Et qu'est-ce qu'il disait?

FRANTZ, *d'une voix lointaine et mécanique.*

Bonjour. Bonsoir. Oui. Non.

JOHANNA

Rien de plus?

LE PÈRE

Rien, sauf un jour. Un déluge de mots. Je n'y

ai rien compris. *(Rire amer.)* J'étais dans la bibliothèque et j'écoutais la radio.

> *Crépitements de radio, indicatif répété. Tous ces bruits semblent ouatés.*

VOIX DU SPEAKER

Chers auditeurs, voici nos informations : A Nuremberg, le tribunal des Nations condamne le maréchal Gœring...

> *Frantz va éteindre le poste. Il reste dans la zone de pénombre quand il doit se déplacer.*

LE PÈRE, *se retournant en sursaut.*

Qu'est-ce que tu fais? *(Frantz le regarde avec des yeux morts.)* Je veux connaître la sentence.

FRANTZ, *d'un bout à l'autre de la scène, voix cynique et sombre.*

Pendu jusqu'à ce que mort s'ensuive.

> *Il boit.*

LE PÈRE

Qu'en sais-tu? *(Silence de Frantz. Le Père se retourne vers Johanna.)* Vous ne lisiez pas les journaux de l'époque?

JOHANNA

Guère. J'avais douze ans.

LE PÈRE

Ils étaient tous aux mains des Alliés. « Nous

sommes Allemands, donc nous sommes coupables;
nous sommes coupables parce que nous sommes
Allemands. » Chaque jour, à chaque page. Quelle
obsession! *(A Frantz.)* Quatre-vingts millions de
criminels : quelle connerie! Au pire, il y en a eu
trois douzaines. Qu'on les pende, et qu'on nous
réhabilite : ce sera la fin d'un cauchemar. *(Auto-*
ritaire.) Fais-moi le plaisir de rallumer le poste.
(Frantz boit sans bouger. Sèchement.) Tu bois
trop. *(Frantz le regarde avec une telle dureté que le*
Père se tait, décontenancé. Un silence puis le Père
reprend avec un désir passionné de comprendre.)
Qu'est-ce qu'on gagne à réduire un peuple au
désespoir? Qu'ai-je fait, moi, pour mériter le
mépris de l'univers? Mes opinions sont pourtant
connues. Et toi, Frantz, toi qui t'es battu jusqu'au bout? *(Frantz rit grossièrement.)* Tu es nazi?

LE PÈRE

Foutre non!

LE PÈRE

Alors, choisis : laisse condamner les respon-
sables ou fais retomber leurs fautes sur l'Allemagne entière.

FRANTZ, *sans un geste,*
éclate d'un rire sauvage et sec.

Ha! *(Un temps.)* Ça revient au même.

LE PÈRE

Es-tu fou?

FRANTZ

Il y a deux façons de détruire un peuple : on le condamne en bloc ou bien on le force à renier les chefs qu'il s'est donnés. La seconde est la pire.

LE PÈRE

Je ne renie personne et les nazis ne sont pas mes chefs : je les ai subis.

FRANTZ

Tu les as supportés.

LE PÈRE

Que diable voulais-tu que je fasse?

FRANTZ

Rien.

LE PÈRE

Quant à Gœring, je suis sa victime. Va te promener dans nos chantiers. Douze bombardements, plus un hangar debout : voilà comment il les a protégés.

FRANTZ, *brutalement.*

Je *suis* Gœring. S'ils le pendent, c'est moi le pendu.

LE PÈRE

Gœring te répugnait!

FRANTZ

J'ai obéi.

LE PÈRE

A tes chefs militaires, oui.

FRANTZ

A qui obéissaient-ils? *(Riant.)* Hitler, nous le
haïssions, d'autres l'aimaient : où est la différence?
Tu lui as fourni des bateaux de guerre et je lui
ai fourni des cadavres. Dis, qu'aurions-nous fait
de plus, si nous l'avions adoré?

LE PÈRE

Alors? Tout le monde est coupable?

FRANTZ

Nom de Dieu, non! Personne. Sauf les chiens
couchants qui acceptent le jugement des vainqueurs. Beaux vainqueurs! On les connaît : en
1918, c'étaient les mêmes, avec les mêmes hypo-
crites vertus. Qu'ont-ils fait de nous, depuis lors?
Qu'ont-ils fait d'eux? Tais-toi : c'est aux vainqueurs de prendre l'histoire en charge. Ils l'ont
prise et ils nous ont donné Hitler. Des juges? Ils
n'ont jamais pillé, massacré, violé? La bombe sur
Hiroshima, est-ce Gœring qui l'a lancée? S'ils font
notre procès, qui fera le leur? Ils parlent de nos
crimes pour justifier celui qu'ils préparent en
douce : l'extermination systématique du peuple
allemand. *(Brisant la coupe contre la table.)* Tous

innocents devant l'ennemi. Tous : vous, moi,
Gœring et les autres.

LE PÈRE, *criant.*

Frantz! *(La lumière baisse et s'éteint autour de
Frantz; il disparaît.)* Frantz! *(Un bref silence. Il
se tourne lentement vers Johanna et rit doucement.)*
Je n'y ai rien compris. Et vous?

JOHANNA

Rien. Après?

LE PÈRE

C'est tout.

JOHANNA

Il faudrait pourtant choisir : tous innocents ou
tous coupables?

LE PÈRE

Il ne choisissait pas.

JOHANNA, *elle rêve un instant, puis.*

Cela n'a pas de sens.

LE PÈRE

Peut-être que si... Je ne sais pas.

LENI, *vivement.*

Ne cherchez pas trop loin, Johanna. Gœring et
l'aviation de guerre, mon frère s'en souciait d'autant moins qu'il servait dans l'infanterie. Pour lui,

il y avait des coupables et des innocents, mais ce n'étaient pas les mêmes. *(Au Père, qui veut parler.)* Je sais : je le vois tous les jours. Les innocents avaient vingt ans, c'étaient les soldats; les coupables en avaient cinquante, c'étaient leurs pères.

JOHANNA

Je vois.

LE PÈRE, *il a perdu sa bonhomie détendue, quand il parle de Frantz il met de la passion dans sa voix.*

Vous ne voyez rien du tout : elle ment.

LENI

Père! Vous savez bien que Frantz vous déteste.

LE PÈRE, *avec force, à Johanna.*

Frantz m'a aimé plus que personne.

LENI

Avant la guerre.

LE PÈRE

Avant, après.

LENI

Dans ce cas, pourquoi dites-vous : il m'a aimé?

LE PÈRE, *interdit.*

Eh bien, Leni... Nous parlions du passé.

LENI

Ne vous corrigez donc pas : vous avez livré
votre pensée. *(Un temps.)* Mon frère s'est engagé
à dix-huit ans. Si le père veut bien nous dire
pourquoi, vous comprendrez mieux l'histoire de
cette famille.

LE PÈRE

Dis-le toi-même, Leni : je ne t'ôterai pas ce
plaisir.

WERNER, *s'efforçant au calme.*

Leni, je te préviens : si tu mentionnes un seul
fait qui ne soit pas à l'honneur du père, je quitte
cette pièce à l'instant.

LENI

Tu as si peur de me croire?

WERNER

On n'insultera pas mon père devant moi.

LE PÈRE, *à Werner.*

Calme-toi, Werner : c'est moi qui vais parler.
Depuis le début de la guerre, l'État nous passait
des commandes. La flotte, c'est nous qui l'avons
faite. Au printemps 41, le gouvernement m'a fait
savoir qu'il désirait m'acheter certains terrains
dont nous n'avions pas l'emploi. La lande derrière
la colline : tu la connais.

LENI

Le gouvernement, c'était Himmler. Il cherchait un emplacement pour un camp de concentration.

Un silence lourd.

JOHANNA

Vous le saviez?

LE PÈRE, *avec calme.*

Oui.

JOHANNA

Et vous avez accepté?

LE PÈRE, *sur le même ton.*

Oui. *(Un temps.)* Frantz a découvert les travaux. On m'a rapporté qu'il rôdait le long des barbelés.

JOHANNA

Et puis?

LE PÈRE

Rien. Le silence. C'est lui qui l'a rompu. Un jour de juin 41. *(Le Père se tourne vers lui et le regarde attentivement tout en continuant la conversation avec Werner et Johanna.)* J'ai vu tout de suite qu'il avait fait une gaffe. Cela ne pouvait pas tomber plus mal : Gœbbels et l'amiral Dœnitz se trouvaient à Hambourg et devaient visiter mes nouvelles installations.

FRANTZ, *voix jeune et douce, affectueuse*
mais inquiète.

Père, je voudrais vous parler.

LE PÈRE, *le regardant.*

Tu as été là-bas?

FRANTZ

Oui. *(Avec horreur, brusquement.)* Père, ce ne
sont plus des hommes.

LE PÈRE

Les gardiens?

FRANTZ

Les détenus. Je me dégoûte mais ce sont eux
qui me font horreur. Il y a leur crasse, leur vermine, leurs plaies. *(Un temps.)* Ils ont tout le
temps l'air d'avoir peur.

LE PÈRE

Ils sont ce qu'on a fait d'eux.

FRANTZ

On ne ferait pas cela de moi.

LE PÈRE

Non?

FRANTZ

Je tiendrais le coup.

LE PÈRE

Qui te prouve qu'ils ne le tiennent pas?

FRANTZ

Leurs yeux.

LE PÈRE

Si tu étais à leur place, tu aurais les mêmes.

FRANTZ

Non. *(Avec une certitude farouche.)* Non.

Le Père le regarde attentivement.

LE PÈRE

Regarde-moi. *(Il lui a levé le menton et plonge son regard dans ses yeux.)* D'où cela te vient-il?

FRANTZ

Quoi?

LE PÈRE

La peur d'être enfermé.

FRANTZ

Je n'en ai pas peur.

LE PÈRE

Tu le souhaites?

FRANTZ

Je... Non.

LE PÈRE

Je vois. *(Un temps.)* Ces terrains, je n'aurais pas dû les vendre?

FRANTZ

Si vous les avez vendus, c'est que vous ne pouviez pas agir autrement.

LE PÈRE

Je le pouvais.

FRANTZ, *stupéfait.*

Vous pouviez refuser?

LE PÈRE

Certainement. *(Frantz a un mouvement violent.)* Eh bien quoi? Tu n'as plus confiance en moi.

FRANTZ, *acte de foi, se dominant.*

Je sais que vous m'expliquerez.

LE PÈRE

Qu'y a-t-il à expliquer? Himmler a des prisonniers à caser. Si j'avais refusé mes terrains, il en aurait acheté d'autres.

FRANTZ

A d'autres.

LE PÈRE

Justement. Un peu plus à l'ouest, un peu plus

à l'est, les mêmes prisonniers souffriraient sous les mêmes kapos et je me serais fait des ennemis au sein du gouvernement.

FRANTZ, *obstiné.*

Vous ne deviez pas vous mêler de cette affaire.

LE PÈRE

Et pourquoi donc?

FRANTZ

Parce que vous êtes vous.

LE PÈRE

Et pour te donner la joie pharisienne de t'en laver les mains, petit puritain.

FRANTZ

Père, vous me faites peur : vous ne souffrez pas assez de la souffrance des autres.

LE PÈRE

Je me permettrai d'en souffrir quand j'aurai les moyens de la supprimer.

FRANTZ

Vous ne les aurez jamais.

LE PÈRE

Alors, je n'en souffrirai pas : c'est du temps perdu. Est-ce que tu en souffres, toi? Allons donc!

(Un temps.) Tu n'aimes pas ton prochain, Frantz, sinon tu n'oserais pas mépriser ces détenus.

FRANTZ, blessé.

Je ne les méprise pas.

LE PÈRE

Tu les méprises. Parce qu'ils sont sales et parce qu'ils ont peur. *(Il se lève et marche vers Johanna.)* Il croyait encore à la dignité humaine.

JOHANNA

Il avait tort?

LE PÈRE

Cela, ma bru, je n'en sais rien. Tout ce que je peux vous dire, c'est que les Gerlach sont des victimes de Luther : ce prophète nous a rendus fous d'orgueil. *(Il revient lentement à sa place première et montre Frantz à Johanna.)* Frantz se promenait sur les collines en discutant avec lui-même et, quand sa conscience avait dit oui, vous l'auriez coupé en morceaux sans le faire changer d'avis. J'étais comme lui, à son âge.

JOHANNA, ironique.

Vous aviez une conscience?

LE PÈRE

Oui. Je l'ai perdue : par modestie. C'est un luxe de prince. Frantz pouvait se le permettre : quand on ne fait rien, on croit qu'on est respon-

sable de tout. Moi, je travaillais. *(A Frantz.)*
Qu'est-ce que tu veux que je te dise? Que Hitler
et Himmler sont des criminels? Eh bien, voilà :
je te le dis. *(Riant.)* Opinion strictement person-
nelle et parfaitement inutilisable.

FRANTZ

Alors? Nous sommes impuissants?

LE PÈRE

Oui, si nous choisissons l'impuissance. Tu ne
peux rien pour les hommes si tu passes ton temps
à les condamner devant le Tribunal de Dieu.
(Temps.) Quatre-vingt mille travailleurs depuis
mars. Je m'étends, je m'étends! Mes chantiers
poussent en une nuit. J'ai le plus formidable
pouvoir.

FRANTZ

Bien sûr : vous servez les nazis.

LE PÈRE

Parce qu'ils me servent. Ces gens-là c'est la
plèbe sur le trône. Mais ils font la guerre pour
nous trouver des marchés et je n'irai pas me
brouiller avec eux pour une affaire de terrains.

FRANTZ, *têtu.*

Vous ne deviez pas vous en mêler.

LE PÈRE

Petit prince! Petit prince! Tu veux porter le

monde sur tes épaules? Le monde est lourd et tu ne le connais pas. Laisse. Occupe-toi de l'entreprise : aujourd'hui la mienne, demain la tienne; mon corps et mon sang, ma puissance, ma force, ton avenir. Dans vingt ans tu seras le maître avec des bateaux sur toutes les mers, et qui donc se souviendra de Hitler? *(Un temps.)* Tu es un abstrait.

FRANTZ

Pas tant que vous le croyez.

LE PÈRE

Ah! *(Il le regarde attentivement.)* Qu'as-tu fait? Du mal?

FRANTZ, *fièrement.*

Non.

LE PÈRE

Du bien? *(Un long silence.)* Nom de Dieu! *(Un temps.)* Alors? C'est grave?

FRANTZ

Oui.

LE PÈRE

Mon petit prince, ne crains rien, j'arrangerai cela.

FRANTZ

Pas cette fois-ci.

LE PÈRE

Cette fois comme les autres fois. *(Un temps.)*
Eh bien? *(Un temps.)* Tu veux que je t'interroge?
(Il réfléchit.) Cela concerne les nazis? Bon. Le
camp? Bon. *(Illuminé.)* Le Polonais! *(Il se lève
et marche avec agitation. A Johanna.)* C'était un
rabbin polonais : il s'était évadé la veille et le
commandant du camp nous l'avait notifié. *(A
Frantz.)* Où est-il?

FRANTZ

Dans ma chambre.

Un temps.

LE PÈRE

Où l'as-tu trouvé, celui-là?

FRANTZ

Dans le parc : il ne se cachait même pas. Il
s'est évadé par folie; à présent, il a peur. S'ils
mettent la main sur lui?...

LE PÈRE

Je sais. *(Un temps.)* Si personne ne l'a vu,
l'affaire est réglée. Nous le ferons filer en camion
sur Hambourg. *(Frantz reste tendu.)* On l'a vu?
Bien. Qui?

FRANTZ

Fritz.

LE PÈRE, *à Johanna,*
sur le ton de la conversation.

C'était notre chauffeur, un vrai nazi.

FRANTZ

Il a pris l'auto ce matin en disant qu'il allait
au garage d'Altona. Il n'est pas encore revenu.
(Avec une pointe de fierté.) Suis-je si abstrait?

LE PÈRE, *souriant.*

Plus que jamais. *(D'une voix changée.)* Pourquoi
l'as-tu mis dans ta chambre? Pour me racheter?
(Un silence.) Réponds : c'est pour moi.

FRANTZ

C'est pour nous. Vous, c'est moi.

LE PÈRE

Oui. *(Un temps.)* Si Fritz t'a dénoncé...

FRANTZ, *enchaînant.*

Ils viendront. Je sais.

LE PÈRE

Monte dans la chambre de Leni et tire le verrou.
C'est un ordre. J'arrangerai tout. *(Frantz le
regarde avec défiance.)* Quoi?

FRANTZ

Le prisonnier...

LE PÈRE

J'ai dit : tout. Le prisonnier est sous mon toit.
Va.

> *Frantz disparaît. Le Père se rassied.*

JOHANNA

Ils sont venus?

LE PÈRE

Quarante-cinq minutes plus tard.

> *Un S.S. paraît au fond. Deux hommes
> derrière lui, immobiles et muets.*

LE S.S.

Heil Hitler.

LE PÈRE, *dans le silence.*

Heil. Qui êtes-vous et que voulez-vous?

LE S.S.

Nous venons de trouver votre fils dans sa
chambre avec un détenu évadé qu'il y cache
depuis hier soir.

LE PÈRE

Dans sa chambre? *(A Johanna.)* Il n'avait pas
voulu s'enfermer chez Leni, le brave gosse. Il avait
pris tous les risques. Bon. Après?

LE S.S.

Est-ce que vous avez compris?

LE PÈRE

Très bien : mon fils vient de commettre une grave étourderie.

LE S.S., *indignation stupéfaite.*

Une quoi? *(Un temps.)* Levez-vous quand je vous parle.

Sonnerie de téléphone.

LE PÈRE, *sans se lever.*

Non.

Il décroche le récepteur et sans même deman-
der qui appelle, il le tend au S.S. Celui-ci le
lui arrache.

LE S.S., *au téléphone.*

Allô? Oh! *(Claquement de talons.)* Oui. Oui. Oui. A vos ordres. *(Il écoute et regarde le Père avec stupéfaction.)* Bien. A vos ordres. *(Claquement de talons. Il raccroche.)*

LE PÈRE, *dur, sans sourire.*

Une étourderie, n'est-ce pas?

LE S.S.

Rien d'autre.

LE PÈRE

Si vous aviez touché un seul cheveu de sa tête...

LE S.S.

Il s'est jeté sur nous.

LE PÈRE, *surpris et inquiet.*

Mon fils? *(Le S.S. fait un geste d'acquiescement.)*
Et vous l'avez frappé?

LE S.S.

Non. Je vous le jure. Maîtrisé...

LE PÈRE, *réfléchissant.*

Il s'est jeté sur vous! Ce n'est pas sa manière,
il a fallu que vous le provoquiez. Qu'avez-vous
fait? *(Silence du S.S.)* Le prisonnier! *(Il se lève.)*
Sous ses yeux? Sous les yeux de mon fils? *(Colère
blanche, mais terrible.)* Il me semble que vous
avez fait du zèle. Votre nom?

LE S.S., *piteusement.*

Hermann Aldrich.

LE PÈRE

Hermann Aldrich! Je vous donne ma parole que
vous vous rappellerez le 23 juin 1941 toute votre
vie. Allez.

Le S.S. disparaît.

JOHANNA

Il se l'est rappelé?

LE PÈRE, *souriant.*

Je crois. Mais sa vie n'a pas été très longue.

JOHANNA

Et Frantz?

LE PÈRE

Relâché sur l'heure. A la condition qu'il s'en-
gage. L'hiver suivant, il était lieutenant sur le
front russe. *(Un temps.)* Qu'y a-t-il?

JOHANNA

Je n'aime pas cette histoire.

LE PÈRE

Je ne dis pas qu'elle soit aimable. *(Un temps.)*
C'était en 41, ma bru.

JOHANNA, *sèchement.*

Alors?

LE PÈRE

Il fallait survivre.

JOHANNA

Le Polonais n'a pas survécu.

LE PÈRE, *indifférent.*

Non. Ce n'est pas ma faute.

JOHANNA

Je me le demande.

WERNER

Johanna!

JOHANNA

Vous disposiez de quarante-cinq minutes.
Qu'avez-vous fait pour sauver votre fils?

LE PÈRE

Vous le savez fort bien.

JOHANNA

Gœbbels était à Hambourg et vous lui avez
téléphoné.

LE PÈRE

Oui.

JOHANNA

Vous lui avez appris qu'un détenu s'était évadé
et vous l'avez supplié de se montrer indulgent
pour votre fils.

LE PÈRE

J'ai demandé aussi qu'on épargnât la vie du
prisonnier.

JOHANNA

Cela va de soi. *(Un temps.)* Quand vous avez
téléphoné à Gœbbels...

LE PÈRE

Eh bien?

JOHANNA

Vous ne pouviez pas *savoir* que le chauffeur
avait dénoncé Frantz.

LE PÈRE

Allons donc! Il nous espionnait sans cesse.

JOHANNA

Oui, mais il se peut qu'il n'ait rien vu et qu'il
ait pris l'auto pour un tout autre motif.

LE PÈRE

Cela se peut.

JOHANNA

Naturellement, vous ne lui avez rien demandé.

LE PÈRE

A qui?

JOHANNA

A ce Fritz? *(Le Père hausse les épaules.)* Où
est-il à présent?

LE PÈRE

En Italie, sous une croix de bois.

JOHANNA, *un temps.*

Je vois. Eh bien, nous n'en aurons jamais le

cœur net. Si ce n'est pas Fritz qui a livré le prisonnier, il faut que ce soit vous.

WERNER, *avec violence.*

Je te défends...

LE PÈRE

Ne crie pas tout le temps, Werner. *(Werner se
tait.)* Vous avez raison, mon enfant. *(Un temps.)*
Quand j'ai pris l'appareil, je me suis dit, une
chance sur deux!

Un temps.

JOHANNA

Une chance sur deux de faire assassiner un
Juif. *(Un temps.)* Cela ne vous empêche jamais
de dormir?

LE PÈRE, *tranquillement.*

Jamais.

WERNER, *au Père.*

Père, je vous approuve sans réserve. Toutes les
vies se valent. Mais, s'il faut choisir, je pense que
le fils passe d'abord.

JOHANNA, *doucement.*

Il ne s'agit pas de ce que tu penses, Werner,
mais de ce que Frantz a pu penser. Qu'a-t-il
pensé, Leni?

LENI, *souriant.*

Vous connaissez pourtant les von Gerlach,
Johanna.

JOHANNA

Il s'est tu?

LENI

Il est parti sans avoir ouvert la bouche et ne
nous a jamais écrit.

Un temps.

JOHANNA, *au Père.*

Vous lui aviez dit : j'arrangerai tout, et il vous
avait fait confiance. Comme toujours.

LE PÈRE

J'ai tenu parole : le prisonnier, j'avais obtenu
qu'il ne soit pas puni. Pouvais-je m'imaginer
qu'ils le tueraient devant mon fils?

JOHANNA

C'était en 41, père. En 41, il était prudent de
tout imaginer. *(Elle s'approche des photos et les
regarde. Un temps. Elle regarde toujours le portrait.)*
C'était un petit puritain, une victime de Luther,
qui voulait payer de son sang les terrains que vous
aviez vendus. *(Elle se retourne vers le Père.)*
Vous avez tout annulé. Il n'est resté qu'un jeu
pour gosse de riches. Avec danger de mort, bien
sûr : mais pour le partenaire... il a compris qu'on

lui permettait tout parce qu'il ne comptait pour
rien.

LE PÈRE, *illuminé, la désignant.*

Voilà la femme qu'il lui fallait.

Werner et Leni lui font face brusquement.

WERNER, *furieux.*

Quoi?

LENI

Père, quel mauvais goût!

LE PÈRE, *aux deux autres.*

Elle a compris du premier coup. *(A Johanna.)*
N'est-ce pas? J'aurais dû transiger pour deux ans
de prison. Quelle gaffe! Tout valait mieux que l'im-
punité.

*Un temps. Il rêve. Johanna regarde tou-
jours les portraits. Werner se lève, la prend
par les épaules et la retourne vers lui.*

JOHANNA, *froidement.*

Qu'est-ce qu'il y a?

WERNER

Ne t'attendris pas sur Frantz : ce n'était pas
un type à rester sur un échec.

JOHANNA

Alors?

WERNER, *désignant le portrait.*

Regarde! Douze décorations.

JOHANNA

Douze échecs de plus. Il courait après la mort,
pas de chance : elle courait plus vite que lui. *(Au
Père.)* Finissons : il s'est battu, il est revenu
en 46 et puis, un an plus tard, il y a eu le scandale.
Qu'est-ce que c'était?

LE PÈRE

Une espièglerie de notre Leni.

LENI, *modestement.*

Le père est trop bon. J'ai fourni l'occasion.
Rien de plus.

LE PÈRE

Nous logions des officiers américains. Elle les
enflammait et puis, s'ils brûlaient bien, elle leur
chuchotait à l'oreille : « Je suis nazie », en les trai-
tant de sales juifs.

LENI

Pour les éteindre. C'était amusant, non?

JOHANNA

Très amusant. Ils s'éteignaient?

LE PÈRE

Quelquefois. D'autres fois ils explosaient. Il y
en a un qui a pris la chose fort mal.

LENI, *à Johanna.*

Un Américain, si ce n'est pas un juif, c'est un antisémite, à moins qu'il ne soit l'un et l'autre à la fois. Celui-là n'était pas un juif : il s'est vexé.

JOHANNA

Alors?

LENI

Il a voulu me violer, Frantz est venu à mon secours, ils ont roulé par terre, le type avait le dessus. J'ai pris une bouteille et je lui en ai donné un bon coup.

JOHANNA

Il en est mort?

LE PÈRE, *très calme.*

Pensez-vous! Son crâne a cassé la bouteille. *(Un temps.)* Six semaines d'hôpital. Naturellement, Frantz a tout pris sur lui.

JOHANNA

Le coup de bouteille aussi?

LE PÈRE

Tout. *(Deux officiers américains paraissent au fond. Le Père se tourne vers eux.)* Il s'agit d'une étourderie, passez-moi le mot : d'une grave étourderie. *(Un temps.)* Je vous prie de remercier le général Hopkins en mon nom. Dites-lui que mon

fils quittera l'Allemagne aussitôt qu'on lui aura
donné ses visas.

JOHANNA

Pour l'Argentine?

LE PÈRE, *il se tourne vers elle
pendant que les Américains disparaissent.*

C'était la condition.

JOHANNA

Je vois.

LE PÈRE, *très détendu.*

Les Américains ont été vraiment très bien.

JOHANNA

Comme Gœbbels en 41.

LE PÈRE

Mieux! Beaucoup mieux! Washington comptait
relever notre entreprise et nous confier le soin
de constituer la flotte marchande.

JOHANNA

Pauvre Frantz!

LE PÈRE

Que pouvais-je faire? Il y avait de gros intérêts
en jeu. Et qui pesaient plus lourd que le crâne
d'un capitaine. Même si je n'étais pas intervenu,
les occupants auraient étouffé le scandale.

JOHANNA

C'est bien possible. *(Un temps.)* Il a refusé de partir?

LE PÈRE

Pas tout de suite. *(Un temps.)* J'avais obtenu les visas. Il devait nous quitter un samedi. Le vendredi matin, Leni est venue me dire qu'il ne descendrait plus jamais. *(Un temps.)* D'abord, j'ai cru qu'il était mort. Et puis, j'ai vu les yeux de ma fille : elle avait gagné.

JOHANNA

Gagné quoi?

LE PÈRE

Elle ne l'a jamais dit.

LENI, *souriante.*

Ici, vous savez, nous jouons à qui perd gagne.

JOHANNA

Après?

LE PÈRE

Nous avons vécu treize ans.

JOHANNA, *tournée vers le portrait.*

Treize ans.

WERNER

Quel beau travail! Croyez que j'ai tout appré-

cié en amateur. Comme vous l'avez manœuvrée,
la pauvre. Au début, elle écoutait à peine; à la
fin, elle ne se lassait pas d'interroger. Eh bien, le
portrait est achevé. *(Riant.)* « Vous êtes la femme
qu'il lui fallait! » Bravo, père! Voilà le génie.

JOHANNA

Arrête! Tu nous perds.

WERNER

Mais nous sommes perdus : qu'est-ce qui nous
reste? *(Il lui saisit le bras au-dessus du coude,
l'attire vers lui et la regarde.)* Où est ton regard?
Tu as des yeux de statue : blancs. *(La repoussant
brusquement.)* Une flatterie si vulgaire : et tu
as donné dans le panneau! Tu me déçois, ma
petite.

Un temps. Tout le monde le regarde.

JOHANNA

Voici le moment.

WERNER

Quoi?

JOHANNA

La mise à mort, mon amour.

WERNER

Quelle mise à mort?

JOHANNA

La tienne. *(Un temps.)* Ils nous ont eus. Quand ils me parlaient de Frantz, ils s'arrangeaient pour que les mots te frappent par ricochet.

WERNER

C'est peut-être moi qu'ils ont séduit?

JOHANNA

Ils n'ont séduit personne : ils ont voulu te faire croire qu'ils me séduisaient.

WERNER

Pourquoi, s'il te plaît?

JOHANNA

Pour te rappeler que rien n'est à toi, pas même ta femme. *(Le Père se frotte doucement les mains. Un temps. Brusquement.)* Arrache-moi d'ici! *(Bref silence.)* Je t'en prie! *(Werner rit. Elle devient dure et froide.)* Pour la dernière fois, je te le demande, partons. Pour la dernière fois, entends-tu?

WERNER

J'entends. Tu n'as plus de questions à me poser?

JOHANNA

Non.

WERNER

Donc, je fais ce que je veux? *(Signe de Johanna,*

épuisée.) Très bien. *(Sur la Bible.)* Je jure de me
conformer aux dernières volontés de mon père.

LE PÈRE

Tu resteras ici?

WERNER, *la main toujours étendue
sur la Bible.*

Puisque vous l'exigez. Cette maison est la
mienne pour y vivre et pour y mourir.

Il baisse la tête.

LE PÈRE, *il se lève et va à lui,
estime affectueuse.*

A la bonne heure.

*Il lui sourit. Werner, un instant renfrogné,
finit par lui sourire avec une humble reconnais-
sance.*

JOHANNA, *les regardant tous.*

Voilà donc ce que c'est qu'un conseil de famille.
(Un temps.) Werner, je pars. Avec ou sans toi,
choisis.

WERNER, *sans la regarder.*

Sans.

JOHANNA

Bon. *(Un bref silence.)* Je te souhaite de ne pas
trop me regretter.

LENI

C'est nous qui vous regretterons. Le père surtout. Quand allez-vous nous quitter?

JOHANNA

Je ne sais pas encore. Quand je serai sûre d'avoir perdu la partie.

LENI

Vous n'en êtes pas sûre?

JOHANNA, *avec un sourire.*

Eh bien, non : pas encore.

Un temps.

LENI, *croyant comprendre.*

Si la police entre ici, on nous arrêtera tous trois pour séquestration. Mais moi, en plus, on m'inculpera de meurtre.

JOHANNA, *sans s'émouvoir.*

Ai-je une tête à prévenir la police? *(Au Père.)* Permettez-moi de me retirer.

LE PÈRE

Bonsoir, mon enfant.

Elle s'incline et sort. Werner se met à rire.

WERNER, *riant.*

Eh bien... eh bien... *(Il s'arrête brusquement. Il s'approche du Père, lui touche le bras timidement et le regarde avec une tendresse inquiète.)* Est-ce que vous êtes content?

LE PÈRE, *horrifié.*

Ne me touche pas! *(Un temps.)* Le conseil est terminé, va rejoindre ta femme.

Werner le regarde un instant avec une sorte de désespoir, puis il fait demi-tour et sort.

SCÈNE III

LENI

Est-ce que vous ne croyez pas que vous êtes tout de même trop dur?

LE PÈRE

Avec Werner? S'il le fallait, je serais tendre. Mais il se trouve que c'est la dureté qui paie.

LENI

Il ne faudrait pas le pousser à bout.

LE PÈRE

Bah!

LENI

Sa femme a des projets.

LE PÈRE

Ce sont des menaces de théâtre : le dépit a ressuscité l'actrice et l'actrice a voulu sa sortie.

LENI

Dieu vous entende... *(Un temps.)* A ce soir, père. *(Elle attend qu'il s'en aille. Il ne bouge pas.)* Il faut que je tire les volets et puis ce sera l'heure de Frantz. *(Avec insistance.)* A ce soir.

LE PÈRE, *souriant.*

Je m'en vais, je m'en vais! *(Un temps. Avec une sorte de timidité.)* Est-ce qu'il sait ce qui m'arrive?

LENI, *étonnée.*

Qui? Oh! Frantz! Ma foi non.

LE PÈRE

Ah! *(Avec une ironie pénible.)* Tu le ménages?

LENI

Lui? Vous pourriez passer sous un train... *(Avec indifférence.)* Pour tout vous dire, j'ai oublié de lui en parler.

LE PÈRE

Fais un nœud à ton mouchoir.

LENI, *prenant un mouchoir pour y faire un nœud.*

Voilà.

LE PÈRE

Tu n'oublieras pas?

LENI

Non, mais il faut qu'une occasion se présente.

LE PÈRE

Quand elle se présentera, tâche aussi de demander s'il peut me recevoir.

LENI, *avec lassitude.*

Encore! *(Dure, mais sans colère.)* Il ne vous recevra pas. Pourquoi m'obliger à vous répéter chaque jour ce que vous savez depuis treize ans?

LE PÈRE, *violent.*

Qu'est-ce que je sais, garce? Qu'est-ce que je sais? Tu mens comme tu respires. J'ignore si tu lui transmets mes lettres et mes prières et je me demande quelquefois si tu ne l'as pas persuadé que je suis mort depuis dix ans.

LENI, *haussant les épaules.*

Qu'allez-vous chercher?

LE PÈRE

Je cherche la vérité ou un lien à tes mensonges.

LENI, *désignant le premier étage.*

Elle est là-haut, la vérité. Montez, vous l'y trouverez. Montez! Mais montez donc!

LE PÈRE, *sa colère tombe, il semble effrayé.*

Tu es folle!

LENI

Interrogez-le : vous en aurez le cœur net.

LE PÈRE, *même jeu.*

Je ne connais même pas...

LENI

Le signal. *(Riant.)* Oh! si, vous le connaissez. Cent fois je vous ai pris à m'épier. J'entendais vos pas, je voyais votre ombre, je ne disais rien mais je luttais contre le fou rire. *(Le Père veut protester.)* Je me suis trompée? Eh bien, j'aurai le plaisir de vous renseigner moi-même.

LE PÈRE, *sourdement et malgré lui.*

Non.

LENI

Frappez quatre coups puis cinq, puis deux fois trois. Qu'est-ce qui vous retient?

LE PÈRE

Qui trouverais-je? *(Un temps. D'une voix sourde.)* S'il me chassait, je ne le supporterais pas.

LENI

Vous aimez mieux vous persuader que je l'empêche de tomber dans vos bras.

LE PÈRE, *péniblement.*

Il faut m'excuser, Leni. Je suis souvent injuste.

(Il lui caresse la tête, elle se crispe.) Tes cheveux sont doux. *(Il la caresse plus distraitement, comme s'il réfléchissait.)* Tu as de l'influence sur lui?

LENI, *avec orgueil.*

Naturellement.

LE PÈRE

Est-ce que tu ne pourrais pas, petit à petit, en t'y prenant adroitement... Je te prie d'insister particulièrement sur ceci qui est capital : ma première visite sera aussi la dernière. Je ne resterai qu'une heure. Moins, si cela doit le fatiguer. Et surtout, dis-lui bien que je ne suis pas pressé. *(Souriant.)* Enfin, pas trop.

LENI

Une seule rencontre.

LE PÈRE

Une seule.

LENI

Une seule et vous allez mourir. A quoi bon le revoir?

LE PÈRE

Pour le revoir. *(Elle rit avec insolence.)* Et pour prendre congé.

LENI

Qu'est-ce que cela changerait si vous partiez à l'anglaise?

LE PÈRE

Pour moi? Tout. Si je le revois, j'arrête le
compte et je fais l'addition.

LENI

Faut-il prendre tant de peine? L'addition se
fera toute seule.

LE PÈRE

Tu crois cela? *(Un bref silence.)* Il faut que je
tire le trait moi-même sinon tout s'effilochera.
(Avec un sourire presque timide.) Après tout, je
l'ai vécue, cette vie : je ne veux pas la laisser se
perdre. *(Un temps. Presque timidement.)* Est-ce
que tu lui parleras?

LENI, *brutalement.*

Pourquoi le ferais-je? Voilà treize ans que je
monte la garde et je relâcherais ma vigilance
quand il reste à tenir six mois?

LE PÈRE

Tu montes la garde contre moi?

LENI

Contre tous ceux qui veulent sa perte.

LE PÈRE

Je veux perdre Frantz?

LENI

Oui.

LE PÈRE, *violemment.*

Est-ce que tu es folle? *(Il se calme. Avec un ardent désir de convaincre, presque suppliant.)* Écoute, il se peut que nos avis diffèrent sur ce qui lui convient. Mais je ne demande à le voir qu'une seule fois : où prendrais-je le temps de lui nuire, même si j'en avais envie? *(Elle rit grossièrement.)* Je te donne ma parole...

LENI

Vous l'ai-je demandée? Pas de cadeaux!

LE PÈRE

Alors, expliquons-nous.

LENI

Les von Gerlach ne s'expliquent pas.

LE PÈRE

Tu t'imagines que tu me tiens?

LENI, *même ton, même sourire.*

Je vous tiens un petit peu, non?

LE PÈRE, *moue ironique et dédaigneuse.*

Penses-tu!

LENI

Qui de nous deux, père, a besoin de l'autre?

LE PÈRE, *doucement.*

Qui de nous deux, Leni, fait peur à l'autre?

LENI

Je ne vous crains pas. *(Riant.)* Quel bluff!
(Elle le regarde avec défi.) Savez-vous ce qui me
rend invulnérable? Je suis heureuse.

LE PÈRE

Toi? Que peux-tu savoir du bonheur?

LENI

Et vous? Qu'en savez-vous?

LE PÈRE

Je te vois : s'il t'a donné ces yeux, c'est le plus
raffiné des supplices.

LENI, *presque égarée.*

Mais oui! Le plus raffiné, le plus raffiné! Je
tourne! Si je m'arrêtais, je me casserais. Voilà le
bonheur, le bonheur fou. *(Triomphalement et
méchamment.)* Je vois Frantz, moi! J'ai tout ce
que je veux. *(Le Père rit doucement. Elle s'arrête
net et le regarde fixement.)* Non. Vous ne bluffez
jamais. Je suppose que vous avez une carte maîtresse. Bon. Montrez-la.

LE PÈRE, *bonhomme.*

Tout de suite?

LENI, *durcie.*

Tout de suite. Vous ne la garderez pas en réserve
pour la sortir quand je ne m'y attendrai pas.

LE PÈRE, *toujours bonhomme.*

Et si je ne veux pas la montrer?

LENI

Je vous y forcerai.

LE PÈRE

Comment?

LENI

Je tiens sec. *(Elle ramasse la Bible avec effort et la pose sur une table.)* Frantz ne vous recevra pas, je le jure. *(Étendant la main.)* Je jure sur cette Bible que vous mourrez sans l'avoir revu. *(Un temps.)* Voilà. *(Un temps.)* Abattez votre jeu.

LE PÈRE, *paisible.*

Tiens! Tu n'as pas eu le fou rire. *(Il lui caresse les cheveux.)* Quand je caresse tes cheveux, je pense à la terre : au-dehors tapissée de soie, au-dedans, ça bout. *(Il se frotte doucement les mains. Avec un sourire inoffensif et doux.)* Je te laisse, mon enfant.

Il sort.

SCÈNE IV

LENI, seule, puis JOHANNA,
puis LE PÈRE

*Leni reste les yeux fixés sur la porte du fond, à
gauche, par où le Père est sorti. Puis elle se reprend.
Elle se dirige vers les portes-fenêtres, à droite, et les
ouvre, puis tire les grands volets qui les ferment et
referme ensuite les portes vitrées. La pièce est plongée dans la pénombre.*

*Elle monte lentement l'escalier qui conduit au
premier étage et frappe chez Frantz : quatre coups,
puis cinq, puis deux fois trois.*

*Au moment où elle frappe les deux séries de trois,
la porte de droite — au fond — s'est ouverte et
Johanna apparaît sans bruit. Elle épie.*

*On entend le bruit d'un verrou qu'on tourne et
d'une barre de fer qu'on lève, la porte s'ouvre en
haut, en laissant fuser la lumière électrique qui
éclaire la chambre de Frantz. Mais celui-ci ne paraît
pas. Leni entre et ferme la porte : on l'entend tirer
le verrou et baisser la barre de fer.*

*Johanna entre dans la pièce, s'approche d'une
console et frappe de l'index deux séries de trois
coups pour se les remettre en mémoire. Visiblement,*

elle n'a pas entendu la série de cinq et celle de quatre.
Elle recommence.

A cet instant, toutes les ampoules du lustre s'al-
lument et elle sursaute en étouffant un cri. C'est le
Père qui apparaît à gauche et qui a tourné le commu-
tateur.

Johanna se protège les yeux avec la main et
l'avant-bras.

LE PÈRE

Qui est là? *(Elle baisse la main.)* Johanna!
(S'avançant vers elle.) Je suis désolé. *(Il est au*
milieu de la pièce.) Dans les interrogatoires de
police, on braque des projecteurs sur l'inculpé :
qu'allez-vous penser de moi qui vous envoie dans
les yeux toute cette lumière?

JOHANNA

Je pense que vous devriez l'éteindre.

LE PÈRE, *sans bouger.*

Et puis?

JOHANNA

Et puis que vous n'êtes pas de la police mais
que vous comptez me soumettre à un interrogatoire policier. *(Le Père sourit et laisse tomber les*
bras dans un accablement feint. Vivement.) Vous
n'entrez jamais dans cette pièce. Qu'y faisiez-
vous si vous ne me guettiez pas?

LE PÈRE

Mais, mon enfant, vous n'y entrez jamais non

plus. *(Johanna ne répond pas.)* L'interrogatoire
n'aura pas lieu. *(Il allume deux lampes — abat-
jour de mousseline rose — et va éteindre le lustre.)*
Voici la lumière rose des demi-vérités. Êtes-vous
à l'aise?

JOHANNA

Non. Permettez-moi de me retirer.

LE PÈRE

Je vous le permettrai quand vous aurez entendu
ma réponse.

JOHANNA

Je n'ai rien demandé.

LE PÈRE

Vous m'avez demandé ce que je faisais ici et
je tiens à vous le dire bien que je n'aie pas lieu
d'en être fier. *(Un bref silence.)* Depuis des
années, presque chaque jour, quand je me suis
assuré que Leni ne me surprendra pas, je m'as-
sieds dans ce fauteuil et j'attends.

JOHANNA, *intéressée malgré elle.*

Quoi?

LE PÈRE

Que Frantz se promène dans sa chambre et que
j'aie la chance de l'entendre marcher. *(Un temps.)*
C'est tout ce qu'on m'a laissé de mon fils : le
choc de deux semelles contre le plancher. *(Un*

temps.) La nuit, je me relève. Tout le monde dort, je sais que Frantz veille : nous souffrons lui et moi des mêmes insomnies. C'est une manière d'être ensemble. Et vous, Johanna? Qui guettez-vous?

JOHANNA

Je ne guettais personne.

LE PÈRE

Alors, c'est un hasard, le plus grand des hasards. Et le plus heureux : je souhaitais vous parler en tête à tête. *(Irritation de Johanna. Vivement.)* Non, non, pas de secrets, pas de secrets, sauf pour Leni. Vous direz tout à Werner, j'y tiens.

JOHANNA

Dans ce cas, le plus simple serait de l'appeler.

LE PÈRE

Je vous demande deux minutes. Deux minutes et j'irai l'appeler moi-même. Si vous y tenez encore.

Surprise par la dernière phrase, Johanna s'arrête et le regarde en face.

JOHANNA

Bon. Qu'est-ce que vous voulez?

LE PÈRE

Parler avec ma bru du jeune ménage Gerlach.

JOHANNA

Le jeune ménage Gerlach, il est en miettes.

LE PÈRE

Que me dites-vous là?

JOHANNA

Rien de nouveau : c'est vous qui l'avez cassé.

LE PÈRE, *désolé.*

Mon Dieu! Ce sera par maladresse. *(Avec sollicitude.)* Mais j'ai cru comprendre que vous aviez un moyen de le raccommoder. *(Elle va rapidement au fond de la scène, à gauche.)* Que faites-vous?

JOHANNA, *allumant toutes les lampes.*

L'interrogatoire commence : j'allume les projecteurs. *(Revenant se placer sous le lustre.)* Où dois-je me mettre? Ici? Bon. A présent, sous la lumière froide des vérités entières et des mensonges parfaits, je déclare que je ne ferai pas d'aveux pour la simple raison que je n'en ai pas à faire. Je suis seule, sans force et tout à fait consciente de mon impuissance. Je vais partir. J'attendrai Werner à Hambourg. S'il ne revient pas...

Geste découragé.

LE PÈRE, *gravement.*

Pauvre Johanna, nous ne vous aurons fait que du mal. *(D'une voix changée, brusquement confidentielle et gaie.)* Et surtout, soyez belle.

JOHANNA

Plaît-il?

LE PÈRE, *souriant.*

Je dis : soyez belle.

JOHANNA, *presque outragée, violente.*

Belle!

LE PÈRE

Ce sera sans peine.

JOHANNA, *même jeu.*

Belle! Le jour des adieux, je suppose : je vous laisserai de meilleurs souvenirs.

LE PÈRE

Non, Johanna : le jour où vous irez chez Frantz. *(Johanna reste saisie.)* Les deux minutes sont écoulées : dois-je appeler votre mari? *(Elle fait signe que non.)* Très bien : ce sera notre secret.

JOHANNA

Werner saura tout.

LE PÈRE

Quand?

JOHANNA

Dans quelques jours. Oui, je le verrai, votre

Frantz, je verrai ce tyran domestique, mieux vaut s'adresser à Dieu qu'à ses saints.

LE PÈRE, *un temps.*

Je suis content que vous tentiez votre chance.

Il commence à se frotter les mains et les met dans ses poches.

JOHANNA

Permettez-moi d'en douter.

LE PÈRE

Et pourquoi donc?

JOHANNA

Parce que nos intérêts sont opposés. Je souhaite que Frantz reprenne une vie normale.

LE PÈRE

Je le souhaite aussi.

JOHANNA

Vous? S'il met le nez dehors, les gendarmes l'arrêtent et la famille est déshonorée.

LE PÈRE, *souriant.*

Je crois que vous n'imaginez pas ma puissance. Mon fils n'a qu'à prendre la peine de descendre : j'arrangerai tout sur l'heure.

JOHANNA

Ce sera le meilleur moyen qu'il remonte en courant dans sa chambre et qu'il s'y enferme pour toujours.

> *Un silence. Le Père a baissé la tête et regarde le tapis.*

LE PÈRE, *d'une voix sourde.*

Une chance sur dix pour qu'il vous ouvre, une sur cent pour qu'il vous écoute, une sur mille pour qu'il vous réponde. Si vous aviez cette millième chance...

JOHANNA

Eh bien?

LE PÈRE

Consentiriez-vous à lui dire que je vais mourir?

JOHANNA

Leni n'a pas...?

LE PÈRE

Non.

> *Il a relevé la tête. Johanna le regarde fixement.*

JOHANNA

C'était donc cela? *(Elle le regarde toujours.)* Vous ne mentez pas. *(Un temps.)* Une chance sur mille. *(Elle frissonne et se reprend à l'instant.)*

Faudra-t-il aussi lui demander s'il veut vous
recevoir?

LE PÈRE, *vivement, effrayé.*

Non, non! Un faire-part, rien de plus : le
vieux va mourir. Sans commentaires. C'est promis?

JOHANNA, *souriant.*

C'est juré sur la Bible.

LE PÈRE

Merci. *(Elle le regarde toujours. Entre ses dents,
comme pour lui expliquer sa conduite, mais d'une
voix sourde qu'il semble ne s'adresser qu'à lui-même.)*
Je voudrais l'aider. Ne tentez rien aujourd'hui.
Leni redescendra tard, il sera sans doute fatigué.

JOHANNA

Demain?

LE PÈRE

Oui. Au début de l'après-midi.

JOHANNA

Où vous trouverais-je si j'avais besoin...

LE PÈRE

Vous ne me trouverez pas. *(Un temps.)* Je
pars pour Leipzig. *(Un temps.)* Si vous manquiez
votre coup... *(Geste.)* Je reviendrai dans quelques
jours. Quand vous aurez gagné ou perdu.

JOHANNA, *angoissée.*

Vous me laisserez seule? *(Elle se reprend.)*
Pourquoi pas? *(Un temps.)* Eh bien, je vous
souhaite bon voyage et je vous supplie de ne rien
me souhaiter.

LE PÈRE

Attendez! *(Avec un sourire d'excuse, mais gravement.)* J'ai peur de vous impatienter, mon
enfant, mais je vous répète qu'il faut être belle.

JOHANNA

Encore!

LE PÈRE

Voilà treize ans que Frantz n'a vu personne.
Pas une âme.

JOHANNA, *haussant les épaules.*

Sauf Leni.

LE PÈRE

Ce n'est pas une âme, Leni. Et je me demande
s'il la voit. *(Un temps.)* Il ouvrira la porte et que
se passera-t-il? S'il avait peur? S'il s'enfonçait
pour toujours dans la solitude?

JOHANNA

Qu'y aurait-il de changé si je me peinturlurais
le visage?

LE PÈRE, *doucement.*

Il aimait la beauté.

JOHANNA

Qu'avait-il à en faire, ce fils d'industriel?

LE PÈRE

Il vous le dira demain.

JOHANNA

Rien du tout. *(Un temps.)* Je ne suis pas belle.
Est-ce clair?

LE PÈRE

Si vous ne l'êtes pas, qui le sera?

JOHANNA

Personne : il n'y a que des laides déguisées. Je
ne me déguiserai plus.

LE PÈRE

Même pour Werner?

JOHANNA

Même pour Werner, oui. Gardez-le. *(Un temps.)*
Comprenez-vous le sens des mots? On me faisait…
une beauté. Une par film. *(Un temps.)* Excusez-
moi, c'est une marotte. Quand on y touche, je
perds la tête!

LE PÈRE

C'est moi qui m'excuse, mon enfant.

JOHANNA

Laissez donc. Vous ne pouviez pas savoir. Ou peut-être saviez-vous, peu importe. *(Un temps.)* J'étais jolie, je suppose... Ils sont venus me dire que j'étais belle et je les ai crus. Est-ce que je savais, moi, ce que je faisais sur terre? Il faut bien justifier sa vie. L'ennui c'est qu'ils s'étaient trompés. *(Brusquement.)* Des bateaux? Cela justifie?

LE PÈRE

Non.

JOHANNA

Je m'en doutais. *(Un temps.)* Frantz me prendra comme je suis. Avec cette robe et ce visage. N'importe quelle femme, c'est toujours assez bon pour n'importe quel homme.

Un silence. Au-dessus de leur tête, Frantz se met à marcher. Ce sont des pas irréguliers, tantôt lents et inégaux, tantôt rapides et rythmés, tantôt des piétinements sur place.

Elle regarde le Père avec inquiétude comme si elle demandait : « Est-ce Frantz? »

LE PÈRE, *répondant à ce regard.*

Oui.

JOHANNA

Et vous restez des nuits entières...

LE PÈRE, *blême et crispé.*

Oui.

JOHANNA

J'abandonne la partie.

LE PÈRE

Vous croyez qu'il est fou?

JOHANNA

Fou à lier.

LE PÈRE

Ce n'est pas de la folie.

JOHANNA, *haussant les épaules.*

Qu'est-ce que c'est?

LE PÈRE

Du malheur.

JOHANNA

Qui peut être plus malheureux qu'un fou?

LE PÈRE

Lui.

JOHANNA, *brutalement.*

Je n'irai pas chez Frantz.

LE PÈRE

Si. Demain, au commencement de l'après-midi.
(Un temps.) Nous n'avons pas d'autre chance,
ni vous, ni lui, ni moi.

JOHANNA, *tournée vers l'escalier, lentement.*

Je monterai cet escalier, je frapperai à cette porte... *(Un temps. Les pas ont cessé.)* C'est bon, je me ferai belle. Pour me protéger.

Le Père lui sourit en se frottant les mains.

FIN DE L'ACTE I

ACTE II

La chambre de Frantz. Une porte à gauche dans un renfoncement. (Elle donne sur le palier.) Verrou. Barre de fer. Deux portes au fond, de chaque côté du lit : l'une donne sur la salle de bains, l'autre sur les cabinets. Un lit énorme, mais sans draps ni matelas : une couverture pliée sur le sommier. Une table contre le mur de droite. Une seule chaise. Sur la gauche un amas hétéroclite de meubles cassés, de bibelots détériorés : ce monceau de détritus est ce qui reste de l'ameublement. Sur le mur du fond, un grand portrait de Hitler (à droite, au-dessus du lit). A droite aussi, des rayons. Sur les rayons, des bobines (magnétophone). Des pancartes aux murs — texte en caractères d'imprimerie, lettres tracées à la main : « Don't disturb. » « Il est défendu d'avoir peur. » Sur la table, huîtres, bouteilles de champagne, des coupes, une règle, etc.

Des moisissures sur les parois et au plafond.

SCÈNE PREMIÈRE

FRANTZ, LENI

*Frantz porte un uniforme de soldat en lambeaux.
Par endroits, la peau est visible sous les déchi-
rures du tissu.*

*Il est assis à la table et tourne le dos à Leni — et,
pour les trois quarts, au public.*

*Sur la table, huîtres et bouteilles de champagne.
Sous la table, caché, le magnétophone.*

*Leni, face au public, balaie, tablier blanc sur sa
robe.*

*Elle travaille tranquillement, sans empressement
excessif et sans hâte, en bonne ménagère, le visage
vidé de toute expression, presque endormi, pendant
que Frantz parle. Mais, de temps en temps, elle
lui jette de brefs coups d'œil. On sent qu'elle le guette
et qu'elle attend la fin du discours.*

FRANTZ

Habitants masqués des plafonds, attention!
Habitants masqués des plafonds, attention! On
vous ment. Deux milliards de faux témoins! Deux
milliards de faux témoignages à la seconde! Écou-

tez la plainte des hommes : « Nous étions trahis
par nos actes. Par nos paroles, par nos chiennes
de vie! » Décapodes, je témoigne qu'ils ne pensaient
pas ce qu'ils disaient et qu'ils ne faisaient pas ce
qu'ils voulaient. Nous plaidons : non coupable.
Et n'allez surtout pas condamner sur des aveux,
même signés : on disait, à l'époque : « L'accusé
vient d'avouer, donc il est innocent. » Chers auditeurs, mon siècle fut une braderie : la liquidation
de l'espèce humaine y fut décidée en haut lieu.
On a commencé par l'Allemagne jusqu'à l'os. *(Il
se verse à boire.)* Un seul dit vrai : le Titan fracassé,
témoin oculaire, séculaire, régulier, séculier, *in
secula seculorum.* Moi. L'homme est mort et je
suis son témoin. Siècle, je vous dirai le goût de
mon siècle et vous acquitterez les accusés. Les
faits, je m'en fous : je les laisse aux faux témoins;
je leur laisse les causes occasionnelles et les raisons
fondamentales. Il y avait ce goût. Nous en avions
plein la bouche. *(Il boit.)* Et nous buvions pour
le faire passer. *(Rêvant.)* C'était un drôle de goût,
hein, quoi? *(Il se lève brusquement avec une sorte
d'horreur.)* J'y reviendrai.

LENI, *croyant qu'il en a fini.*

Frantz, j'ai à te parler.

FRANTZ, *criant.*

Silence chez les Crabes.

LENI, *voix naturelle.*

Écoute-moi : c'est grave.

FRANTZ, *aux Crabes.*

On a choisi la carapace? Bravo! Adieu la nudité!
Mais pourquoi garder vos yeux? C'est ce que nous
avions de plus laid. Hein? Pourquoi? *(Il feint
d'attendre. Déclic. Il sursaute. D'une autre voix
sèche, rapide, rocailleuse.)* Qu'est-ce que c'est? *(Il
se tourne vers Leni et la regarde avec défiance et
sévérité.)*

LENI, *tranquillement.*

La bobine. *(Elle se baisse, prend le magnétophone et le pose sur la table.)* Terminée... *(Elle
appuie sur un bouton, la bobine se réenroule : on
entend la voix de Frantz à l'envers.)* A présent, tu
vas m'écouter. *(Frantz se laisse tomber sur la
chaise et crispe la main sur sa poitrine. Elle s'in-
terrompt ; en se tournant vers lui, elle l'a vu crispé,
semblant souffrir. Sans s'émouvoir.)* Qu'est-ce
qu'il y a?

FRANTZ

Que veux-tu qu'il y ait?

LENI

Le cœur?

FRANTZ, *douloureusement.*

Il cogne!

LENI

Qu'est-ce que tu veux, maître chanteur? Une
autre bobine?

FRANTZ, *subitement calmé.*

Surtout pas! *(Il se relève et se met à rire.)* Je suis mort. De fatigue, Leni; mort de fatigue. Enlève ça! *(Elle va pour ôter la bobine.)* Attends! Je veux m'écouter.

LENI

Depuis le début?

FRANTZ

N'importe où. *(Leni met l'appareil en marche. On entend la voix de Frantz : « Un seul dit vrai..., etc. » Frantz écoute un instant, son visage se crispe. Il parle sur la voix enregistrée.)* Je n'ai pas voulu dire cela. Mais qui parle? Pas un mot de vrai. *(Il prête encore l'oreille.)* Je ne peux plus supporter cette voix. Elle est morte. Arrête, bon Dieu! Arrête donc, tu me rends fou!... *(Leni, sans hâte excessive, arrête le magnétophone et réenroule la bobine. Elle écrit un numéro sur la bobine et va la ranger près des autres. Frantz la regarde, il a l'air découragé.)* Bon. Tout est à recommencer!

LENI

Comme toujours.

FRANTZ

Mais non : j'avance. Un jour, les mots me viendront d'eux-mêmes et je dirai ce que je veux. Après, repos! *(Un temps.)* Tu crois que ça existe?

LENI

Quoi?

FRANTZ

Le repos?

LENI

Non.

FRANTZ

C'est ce que je pensais.

Un bref silence.

LENI

Veux-tu m'écouter?

FRANTZ

Eh!

LENI

J'ai peur!

FRANTZ, *sursautant.*

Peur? *(Il la regarde avec inquiétude.)* Tu as
bien dit : peur?

LENI

Oui.

FRANTZ, *brutalement.*

Alors, va-t'en!

*Il prend une règle sur la table et, du bout
de la règle, frappe sur une des pancartes : « Il
est défendu d'avoir peur. »*

LENI

Bon. Je n'ai plus peur. *(Un temps.)* Écoute-moi,
je t'en prie.

FRANTZ

Je ne fais que cela. Tu me casses la tête. *(Un
temps.)* Eh bien?

LENI

Je ne sais pas exactement ce qui se prépare,
mais...

FRANTZ

Quelque chose se prépare? Où, à Washington?
A Moscou?

LENI

Sous la plante de tes pieds.

FRANTZ

Au rez-de-chaussée? *(Brusque évidence.)* Le père
va mourir.

LENI

Qui parle du père? Il nous enterrera tous.

FRANTZ

Tant mieux.

LENI

Tant mieux?

FRANTZ

Tant mieux, tant pis, je m'en fous. Alors? De quoi s'agit-il?

LENI

Tu es en danger.

FRANTZ, *avec conviction*.

Oui. Après ma mort! Si les siècles perdent ma trace, la crique me croque. Et qui sauvera l'Homme, Leni?

LENI

Qui voudra. Frantz, tu es en danger depuis hier et dans ta vie.

FRANTZ, *avec indifférence*.

Eh bien, défends-moi : c'est ton affaire.

LENI

Oui, si tu m'aides.

FRANTZ

Pas le temps. *(Avec humeur.)* J'écris l'Histoire et tu viens me déranger avec tes anecdotes.

LENI

Ce serait une anecdote, s'ils te tuaient?

FRANTZ

Oui.

LENI

S'ils te tuaient trop tôt?

FRANTZ, *fronçant le sourcil.*

Trop tôt? *(Un temps.)* Qui veut me tuer?

LENI

Les occupants.

FRANTZ

Je vois. *(Un temps.)* On me casse la voix et on mystifie le trentième avec des documents falsifiés. *(Un temps.)* Ils ont quelqu'un dans la place?

LENI

Je crois.

FRANTZ

Qui?

LENI

Je ne sais pas encore. Je crois que c'est la femme de Werner.

FRANTZ

La bossue?

LENI

Oui. Elle fouine partout.

FRANTZ

Donne-lui de la mort-aux-rats.

LENI

Elle se méfie.

FRANTZ

Que d'embarras! *(Inquiet.)* Il me faut dix ans.

LENI

Donne-moi dix minutes.

FRANTZ

Tu m'ennuies.

> *Il va au mur du fond et il effleure du doigt les bobines sur leur rayon.*

LENI

Si on te les volait?

FRANTZ, *il fait demi-tour brusquement.*

Quoi?

LENI

Les bobines.

FRANTZ

Tu perds la tête.

LENI, *sèchement.*

Suppose qu'ils viennent en mon absence — ou mieux : après m'avoir supprimée?

FRANTZ

Eh bien? Je n'ouvrirai pas. *(Amusé.)* Ils veulent te supprimer, toi aussi?

LENI

Ils y songent. Que ferais-tu sans moi? *(Frantz ne répond pas.)* Tu mourrais de faim.

FRANTZ

Pas le temps d'avoir faim. Je mourrai, c'est tout. Moi, je parle. La Mort, c'est mon corps qui s'en charge : je ne m'en apercevrai même pas; je continuerai à parler. *(Un silence.)* L'avantage, c'est que tu ne me fermeras pas les yeux. Ils enfoncent la porte et que trouvent-ils? Le cadavre de l'Allemagne assassinée. *(Riant.)* Je puerai comme un remords.

LENI

Ils n'enfonceront rien du tout. Ils frapperont, tu seras encore en vie et tu leur ouvriras.

FRANTZ, *stupeur amusée.*

Moi?

LENI

Toi. *(Un temps.)* Ils connaissent le signal.

FRANTZ

Ils ne peuvent pas le connaître.

LENI

Depuis le temps qu'ils m'espionnent, tu penses bien qu'ils l'ont repéré. Le père, tiens, je suis sûre qu'il le connaît.

FRANTZ

Ah! *(Un silence.)* Il est dans le coup?

LENI

Qui sait? *(Un temps.)* Je te dis que tu leur ouvriras.

FRANTZ

Après?

LENI

Ils prendront les bobines.

> *Frantz ouvre un tiroir de la table, en sort un revolver d'ordonnance et le montre à Leni en souriant.*

FRANTZ

Et ça?

LENI

Ils ne les prendront pas de force. Ils te persuaderont de les donner. *(Frantz éclate de rire.)* Frantz, je t'en supplie, changeons le signal. *(Frantz cesse de rire. Il la regarde d'un air sournois et traqué.)* Eh bien?

FRANTZ

Non. *(Il invente à mesure ses raisons de refuser.)* Tout se tient. L'Histoire est une parole sacrée; si tu changes une virgule, il ne reste plus rien.

LENI

Parfait. Ne touchons pas à l'Histoire. Tu leur feras cadeau des bobines. Et du magnétophone, par-dessus le marché.

> *Frantz va vers les bobines et les regarde d'un air traqué.*

FRANTZ, *d'abord hésitant et déchiré.*

Les bobines... Les bobines... *(Un temps. Il réfléchit, puis d'un geste brusque du bras gauche, il les balaie et les fait tomber sur le plancher.)* Voilà ce que j'en fais! *(Il parle avec une sorte d'exaltation, comme s'il confiait à Leni un secret d'importance. En fait, il invente sur l'instant ce qu'il dit.)* Ce n'était qu'une précaution, figure-toi. Pour le cas où le trentième n'aurait pas découvert la vitre.

LENI

Une vitre? Voilà du neuf. Tu ne m'en as jamais parlé.

FRANTZ

Je ne dis pas tout, sœurette. *(Il se frotte les*

mains d'un air réjoui, comme le Père au premier tableau.) Imagine une vitre noire. Plus fine que l'éther. Ultrasensible. Un souffle s'y inscrit. Le *moindre* souffle. Toute l'Histoire y est gravée, depuis le commencement des temps jusqu'à ce claquement de doigts.

> *Il fait claquer ses doigts.*

LENI

Où est-elle?

FRANTZ

La vitre? Partout. Ici. C'est l'envers du jour. Ils inventent des appareils pour la faire vibrer; tout va ressusciter. Hein, quoi? *(Brusquement halluciné.)* Tous nos actes. *(Il reprend son ton brutal et inspiré.)* Du cinéma, je te dis : les Crabes en rond regardent Rome qui brûle et Néron qui danse. *(A la photo de Hitler.)* Ils te verront, petit père. Car tu as dansé, n'est-ce pas? Toi aussi, tu as dansé. *(Coups de pied dans les bobines.)* Au feu! Au feu! Qu'ai-je à en foutre? Débarrasse-moi de ça. *(Brusquement.)* Que faisais-tu le 6 décembre 44 à 20 h 30? *(Leni hausse les épaules.)* Tu ne le sais plus? Ils le savent : ils ont déplié ta vie, Leni; je découvre l'horrible vérité : nous vivons en résidence surveillée.

LENI

Nous?

FRANTZ, *face au public.*

Toi, moi, tous ces morts : les hommes. *(Il rit.)*

Tiens-toi droite. On te regarde. *(Sombre, à lui-même.)* Personne n'est seul. *(Rire sec de Leni.)* Dépêche-toi de rire, pauvre Leni. Le trentième arrivera comme un voleur. Une manette qui tourne, la Nuit qui vibre; tu sauteras au milieu d'eux.

LENI

Vivante?

FRANTZ

Morte depuis mille ans.

LENI, *avec indifférence.*

Bah!

FRANTZ

Morte et ressuscitée : la vitre rendra tout, même nos pensées. Hein, quoi? *(Un temps. Avec une inquiétude dont on ne sait pas si elle est sincère ou jouée.)* Et si nous y étions déjà?

LENI

Où?

FRANTZ

Au trentième siècle. Es-tu sûre que cette comédie se donne pour la première fois? Sommes-nous vifs ou reconstitués? *(Il rit.)* Tiens-toi droite. Si les Décapodes nous regardent, sois sûre qu'ils nous trouvent très laids.

LENI

Qu'en sais-tu?

FRANTZ

Les Crabes n'aiment que les Crabes : c'est trop
naturel.

LENI

Et si c'étaient des hommes?

FRANTZ

Au xxx⁰ siècle? S'il reste un homme, on le
conserve dans un musée... Tu penses bien qu'ils
ne vont pas garder notre système nerveux?

LENI

Et cela fera des Crabes?

FRANTZ, *très sec.*

Oui. *(Un temps.)* Ils auront d'autres corps,
donc d'autres idées. Lesquelles, hein? Lesquelles?...
Mesures-tu l'importance de ma tâche et son excep-
tionnelle difficulté? Je vous défends devant des
magistrats que je n'ai pas le plaisir de connaître.
Travaux d'aveugles : tu lâches un mot ici, au
jugé; il cascade de siècle en siècle. Que voudra-t-il
dire là-haut? Sais-tu qu'il m'arrive de dire *blanc*
quand je veux leur faire entendre *noir? (Tout
à coup, il s'effondre sur sa chaise.)* Bon Dieu!

LENI

Quoi encore?

FRANTZ, *accablé.*

La vitre!

LENI

Eh bien?

FRANTZ

Tout est en direct à présent. Il faudra nous surveiller constamment. J'avais bien besoin de la trouver, celle-là! *(Violemment.)* Expliquer! Justifier! Plus un instant de répit! Hommes, femmes, bourreaux traqués, victimes impitoyables, je suis votre martyr.

LENI

S'ils voient tout, qu'ont-ils besoin de tes commentaires?

FRANTZ, *riant.*

Ha! mais ce sont des Crabes, Leni; ils ne comprennent rien. *(Il s'essuie le front avec son mouchoir, regarde le mouchoir et le jette avec dépit sur la table.)* De l'eau salée.

LENI

Qu'attendais-tu?

FRANTZ, *haussant les épaules.*

La sueur de sang. Je l'ai gagnée. *(Il se relève, vif et faussement gai.)* A mon commandement, Leni! Je t'utilise en direct. Un essai pour la voix. Parle fort et prononce bien. *(Très fort.)* Témoigne

devant les magistrats que les Croisés de la Démo-
cratie ne veulent pas nous permettre de relever
les murs de nos maisons. *(Leni se tait, irritée.)*
Allons, si tu m'obéis, je t'écouterai.

LENI, *au plafond.*

Je témoigne que tout s'effondre.

FRANTZ

Plus fort!

LENI

Tout s'effondre.

FRANTZ

De Munich, que reste-t-il?

LENI

Une paire de briques.

FRANTZ

Hambourg?

LENI

C'est le *no man's land.*

FRANTZ

Les derniers Allemands, où sont-ils?

LENI

Dans les caves.

FRANTZ, *au plafond.*

Eh bien! vous autres, concevez-vous cela? Après treize ans! L'herbe recouvre les rues, nos machines sont enfouies sous les liserons. *(Feignant d'écouter.)* Un châtiment? Quelle bourde? Pas de concurrence en Europe, voilà le principe et la doctrine. Dis ce qui reste de l'Entreprise.

LENI

Deux chantiers.

FRANTZ

Deux! Avant guerre, nous en avions cent! *(Il se frotte les mains. A Leni, voix naturelle.)* Assez pour aujourd'hui. La voix est faible mais quand tu la pousses, cela peut aller. *(Un temps.)* Parle, à présent. Alors? *(Un temps.)* On veut m'attaquer par le moral?

LENI

Oui.

FRANTZ

Fausse manœuvre : le moral est d'acier.

LENI

Mon pauvre Frantz! Il fera de toi ce qu'il voudra.

FRANTZ

Qui?

LENI

L'envoyé des occupants.

FRANTZ

Ha! Ha!

LENI

Il frappera, tu ouvriras et sais-tu ce qu'il te dira?

FRANTZ

Je m'en fous!

LENI

Il te dira : tu te prends pour le témoin et c'est toi l'accusé. *(Bref silence.)* Qu'est-ce que tu répondras?

FRANTZ

Je te chasse! On t'a payée. C'est toi qui cherches à me démoraliser.

LENI

Qu'est-ce que tu répondras, Frantz? Qu'est-ce que tu répondras? Voilà douze ans que tu te prosternes devant ce tribunal futur et que tu lui reconnais tous les droits. Pourquoi pas celui de te condamner?

FRANTZ, *criant.*

Parce que je suis témoin à décharge!

LENI

Qui t'a choisi?

FRANTZ

L'Histoire.

LENI

C'est arrivé, n'est-ce pas, qu'un homme se
croie désigné par elle — et puis c'était le voisin
qu'elle appelait.

FRANTZ

Cela ne m'arrivera pas. Vous serez tous acquit-
tés. Même toi : ce sera ma vengeance. Je ferai
passer l'Histoire par un trou de souris! *(Il s'arrête,
inquiet.)* Chut! Ils sont à l'écoute. Tu me pousses,
tu me pousses et je finis par m'emporter. *(Au
plafond.)* Je m'excuse, chers auditeurs : les mots
ont trahi ma pensée.

LENI, *violente et ironique.*

Le voilà, l'homme au moral d'acier! *(Méprisante.)* Tu passes ton temps à t'excuser.

FRANTZ

Je voudrais t'y voir. Ce soir, ils vont grincer.

LENI

Ça grince, les Crabes?

FRANTZ

Ceux-là, oui. C'est très désagréable. *(Au pla-*

fond.) Chers auditeurs, veuillez prendre note de ma rectification...

LENI, éclatant.

Assez! Assez! Envoie-les promener!

FRANTZ

Tu perds l'esprit?

LENI

Récuse leur tribunal, je t'en prie, c'est ta seule faiblesse. Dis-leur : « Vous n'êtes pas mes juges! » Et tu n'auras plus personne à craindre. Ni dans ce monde ni dans l'autre.

FRANTZ, violemment.

Va-t'en!

> *Il prend deux coquilles et les frotte l'une contre l'autre.*

LENI

Je n'ai pas fini le ménage.

FRANTZ

Très bien : je monte au trentième. *(Il se lève, sans cesser de lui tourner le dos, et retourne une pancarte qui portait les mots « Don't disturb »; on lit à présent sur l'envers « Absent jusqu'à demain midi. » Il se rassied et recommence à frotter les coquilles l'une contre l'autre.)* Tu me regardes : la nuque me brûle. Je t'interdis de me regarder!

Si tu restes, occupe-toi! *(Leni ne bouge pas.)*
Veux-tu baisser les yeux!

LENI

Je les baisserai si tu me parles.

FRANTZ

Tu me rendras fou! fou! fou!

LENI, *petit rire sans gaieté.*

Tu le voudrais bien.

FRANTZ

Tu veux me regarder? Regarde-moi! *(Il se lève.
Pas de l'oie.)* Une, deux! Une, deux!

LENI

Arrête!

FRANTZ

Une, deux! Une, deux!

LENI

Arrête, je t'en prie!

FRANTZ

Eh quoi, ma belle, as-tu peur d'un soldat?

LENI

J'ai peur de te mépriser.

Elle dénoue son tablier, le jette sur le lit et va pour sortir. Frantz s'arrête net.

FRANTZ

Leni! *(Elle est à la porte. Avec une douceur un peu désemparée.)* Ne me laisse pas seul.

LENI, *elle se retourne, passionnément.*

Tu veux que je reste?

FRANTZ, *même ton.*

J'ai besoin de toi, Leni.

LENI, *elle va vers lui avec un visage bouleversé.*

Mon chéri!

Elle est proche de lui, elle lève une main hésitante, elle lui caresse le visage.

FRANTZ, *il se laisse faire un instant, puis bondit en arrière.*

A distance! A distance respectueuse. Et surtout pas d'émotion.

LENI, *souriant.*

Puritain!

FRANTZ

Puritain? *(Un temps.)* Tu crois? *(Il se rapproche d'elle et lui caresse les épaules et le cou. Elle se laisse faire, troublée.)* Les puritains ne savent pas caresser. *(Il lui caresse la poitrine, elle frissonne et ferme les yeux.)* Moi, je sais. *(Elle se laisse aller contre lui. Brusquement, il se dégage.)* Va-t'en donc! Tu me dégoûtes!

LENI, elle fait un pas en arrière.
Avec un calme glacé.

Pas toujours!

FRANTZ

Toujours! Toujours! Depuis le premier jour!

LENI

Tombe à genoux! Qu'est-ce que tu attends pour leur demander pardon?

FRANTZ

Pardon de quoi? Rien ne s'est passé!

LENI

Et hier?

FRANTZ

Rien, je te dis! Rien du tout!

LENI

Rien, sauf un inceste.

FRANTZ

Tu exagères toujours!

LENI

Tu n'es pas mon frère?

FRANTZ

Mais si, mais si.

LENI

Tu n'as pas couché avec moi?

FRANTZ

Si peu.

LENI

Quand tu ne l'aurais fait qu'une fois... As-tu si peur des mots?

FRANTZ, *haussant les épaules.*

Les mots! *(Un temps.)* S'il fallait trouver des mots pour toutes les tribulations de cette charogne! *(Il rit.)* Prétendras-tu que je fais l'amour? Oh! sœurette! Tu es là, je t'étreins, l'espèce couche avec l'espèce — comme elle fait chaque nuit sur cette terre un milliard de fois. *(Au plafond.)* Mais je tiens à déclarer que jamais Frantz, fils aîné des Gerlach, n'a désiré Leni, sa sœur cadette.

LENI

Lâche. *(Au plafond.)* Habitants masqués des plafonds, le témoin du siècle est un faux témoin. Moi, Leni, sœur incestueuse, j'aime Frantz d'amour et je l'aime parce qu'il est mon frère. Si peu que

vous gardiez le sentiment de la famille, vous nous
condamnerez sans recours, mais je m'en moque.
(A Frantz.) Pauvre égaré, voilà comme il faut
leur parler. *(Aux Crabes.)* Il me désire sans m'aimer, il crève de honte, il couche avec moi dans
le noir... Après? C'est moi qui gagne. J'ai voulu
l'avoir et je l'ai.

FRANTZ, *aux Crabes.*

Elle est folle. *(Il leur fait un clin d'œil.)* Je
vous expliquerai. Quand nous serons seuls.

LENI

Je te l'interdis! Je mourrai, je suis déjà morte
et je t'interdis de plaider ma cause. Je n'ai qu'un
seul juge : moi, et je m'acquitte. O témoin à
décharge, témoigne devant toi-même. Tu seras
invulnérable, si tu oses déclarer : « J'ai fait ce que
j'ai voulu et je veux ce que j'ai fait. »

FRANTZ, *son visage se pétrifie brusquement,*
il a l'air froid, haineux et menaçant.
D'une voix dure et méfiante.

Qu'est-ce que j'ai fait, Leni?

LENI, *dans un cri.*

Frantz! Ils auront ta peau, si tu ne te défends
pas.

FRANTZ

Leni, qu'est-ce que j'ai fait?

LENI, *inquiète et cédant du terrain.*

Eh bien... je te l'ai déjà dit...

FRANTZ

L'inceste? Non, Leni, ce n'est pas de l'inceste que tu parlais. *(Un temps.)* Qu'est-ce que j'ai fait?

Un long silence : ils se regardent. Leni se détourne la première.

LENI

Bon. J'ai perdu : oublie cela. Je te protégerai sans ton aide : j'ai l'habitude.

FRANTZ

Va-t'en! *(Temps.)* Si tu n'obéis pas, je fais la grève du silence. Tu sais que je peux tenir deux mois.

LENI

Je sais. *(Un temps.)* Moi, je ne peux pas. *(Elle va jusqu'à la porte, ôte la barre, tourne le verrou.)* Ce soir, je t'apporterai le dîner.

FRANTZ

Inutile : je n'ouvrirai pas.

LENI

C'est ton affaire. La mienne est de te l'apporter. *(Il ne répond pas. En sortant, aux Crabes.)* S'il ne m'ouvre pas, mes jolis, bonne nuit!

Elle referme la porte sur elle.

SCÈNE II

FRANTZ, seul

Il se retourne, attend un instant, va baisser la barre de fer et tire le verrou. Son visage reste crispé, pendant cette opération.

Dès qu'il se sent à l'abri, il se détend. Il a l'air rassuré, presque bonhomme : mais c'est à partir de ce moment qu'il semble le plus fou.

Ses paroles s'adressent aux Crabes, pendant toute la scène. Ce n'est pas un monologue, mais un dialogue avec des personnages invisibles.

FRANTZ

Témoin suspect. A consulter en ma présence et selon mes indications. *(Un temps. Il a l'air rassuré, las, trop doux.)* Hé? Fatigante? Pour cela, oui : plutôt fatigante. Mais quel feu! *(Il bâille.)* Son principal office est de me tenir éveillé. *(Il bâille.)* Voilà vingt ans qu'il est minuit dans le siècle : ça n'est pas très commode de garder les yeux ouverts à minuit. Non, non : de simples somnolences. Cela me prend quand je suis seul. *(La somnolence gagne du terrain.)* Je n'aurais pas dû

la renvoyer. *(Il chanc lle, se redresse brusquement,
pas militaire jusqu'à sa table. Il prend des coquilles
et bombarde le portrait de Hitler, en criant.)* Sieg!
Heil! Sieg! Heil! Sieg! *(Au garde-à-vous, claquant
des talons.)* Führer, je suis un soldat. Si je m'endors, c'est grave, c'est *très* grave : abandon de
poste. Je te jure de rester éveillé. Envoyez les
phares, vous autres! Plein feu; dans la gueule, au
fond des yeux, ça réveille. *(Il attend.)* Salauds!
*(Il va vers sa chaise. D'une voix molle et conci-
liante.)* Eh bien, je vais m'asseoir un peu... *(Il
s'assoit, dodeline de la tête, clignote des yeux.)*
Des roses... Oh! comme c'est gentil... *(Il se relève
si brusquement qu'il renverse la chaise.)* Des roses?
Et si je prends le bouquet, on me fera le coup du
Carnaval. *(Aux Crabes.)* Un Carnaval impu-
dent! A moi, les amis, j'en sais trop, on veut me
pousser dans le trou, c'est la grande Tentation!
*(Il va jusqu'à sa table de nuit, prend des comprimés
dans un lube et les croque.)* Pouah! Chers auditeurs,
veuillez prendre note de mon nouvel indicatif :
De Profundis Clamavi. D.P.C. Tous à l'écoute!
Grincez! Grincez! Si vous ne m'écoutez pas, je
m'endors. *(Il verse du champagne dans un verre,
boit, répand la moitié du liquide sur sa veste militaire, laisse retomber son bras le long de son flanc.
La coupe pend au bout de ses doigts.)* Pendant ce
temps, le siècle cavale... Ils m'ont mis du coton
dans la tête. De la brume. C'est blanc. *(Ses yeux
clignotent.)* Ça traîne au ras des champs... ça
les protège. Ils rampent. Ce soir, il y aura du
sang.

　　Coups de feu lointains, rumeurs, galopades.

Il s'enfonce dans le sommeil, ses yeux sont clos. Le feldwebel Hermann ouvre la porte des cabinets et s'avance vers Frantz, qui s'est retourné vers le public et qui garde les yeux clos. Salut. Garde-à-vous.

SCÈNE III

FRANTZ, LE FELDWEBEL HERMANN

FRANTZ, *d'une voix pâteuse
et sans ouvrir les yeux.*

Des partisans?

LE FELDWEBEL

Une vingtaine.

FRANTZ

Des morts?

LE FELDWEBEL

Non. Deux blessés.

FRANTZ

Chez nous?

LE FELDWEBEL

Chez eux. On les a mis dans la grange.

FRANTZ

Vous connaissez mes ordres. Allez!

Le feldwebel regarde Frantz d'un air hési-
tant et furieux.

LE FELDWEBEL

Bien, mon lieutenant.

Salut. Demi-tour. Il sort par la porte des
cabinets en la refermant sur lui. Un silence.
La tête de Frantz tombe sur sa poitrine. Il
pousse un hurlement terrible et se réveille.

SCÈNE IV

FRANTZ, seul

Il se réveille en sursaut et regarde le public d'un air égaré.

FRANTZ

Non! Heinrich! Heinrich! Je vous ai dit non! *(Il se lève péniblement, prend une règle sur la table et se tape sur les doigts de la main gauche. Comme une leçon apprise.)* Bien sûr que si! *(Coups de règle.)* Je prends tout sur moi. Qu'est-ce qu'elle disait? *(Reprenant les mots de Leni à son compte.)* Je fais ce que je veux, je veux ce que je fais. *(Traqué.)* Audience du 20 mai 3059, Frantz von Gerlach, lieutenant. Ne jetez pas mon siècle à la poubelle. Pas sans m'avoir entendu. Le Mal, Messieurs les Magistrats, le Mal, c'était l'unique matériau. On le travaillait dans nos raffineries. Le Bien, c'était le produit fini. Résultat : le Bien tournait mal. Et n'allez pas croire que le Mal tournait bien. *(Il sourit, débonnaire. Sa tête s'incline.)* Eh? *(Criant.)* De la somnolence? Allons donc! Du gâtisme. On veut m'atteindre par la tête.

Prenez garde à vous, les juges : si je gâte, mon
siècle s'engloutit. Au troupeau des siècles, il
manque une brebis galeuse. Que dira le quaran-
tième, Arthropodes, si le vingtième s'est égaré?
(Un temps.) Pas de secours? Jamais de secours?
Que votre volonté soit faite. *(Il regagne le devant
de la scène et va pour s'asseoir.)* Ah! Je n'aurais
jamais dû la renvoyer. *(On frappe à la porte. Il
écoute et se redresse. C'est le signal convenu. Cri
de joie.)* Leni! *(Il court à la porte, lève la barre,
ôte le verrou, gestes fermes et décidés. Il est tout à
fait réveillé. Ouvrant la porte.)* Entre vite! *(Il
fait un pas en arrière pour la laisser passer.)*

SCÈNE V

FRANTZ, JOHANNA

Johanna paraît sur le pas de la porte, très belle, maquillée, longue robe. Frantz fait un pas en arrière.

FRANTZ, *cri rauque.*

Ha! *(Il recule.)* Qu'est-ce que c'est? *(Elle veut lui répondre, il l'arrête.)* Pas un mot! *(Il recule et s'assied. Il la regarde longuement, assis à califourchon sur sa chaise : il a l'air fasciné. Il fait un signe d'acquiescement et dit, d'une voix contenue.)* Oui. *(Un bref silence.)* Elle entrera... *(Elle fait ce qu'il dit, à mesure qu'il le dit.)* ...et je resterai seul. *(Aux Crabes.)* Merci, camarades! j'avais grand besoin de vos secours. *(Avec une sorte d'extase.)* Elle se taira, ce ne sera qu'une absence; je la regarderai!

JOHANNA, *elle a paru fascinée, elle aussi.*
Elle s'est reprise.
Elle parle en souriant, pour dominer sa peur.

Il faut pourtant que je vous parle.

FRANTZ, *il s'est éloigné d'elle à reculons,*
lentement et sans la quitter du regard.

Non! *(Il frappe sur la table.)* Je savais qu'elle
gâcherait tout. *(Un temps.)* Il y a *quelqu'un* à
présent. Chez moi! Disparaissez! *(Elle ne bouge*
pas.) Je vais vous faire chasser comme une
gueuse.

JOHANNA

Par qui?

FRANTZ, *criant.*

Leni! *(Un temps.)* Tête étroite et lucide, vous
avez trouvé le point faible; je suis seul. *(Il se*
retourne brusquement. Un temps.) Qui êtes-vous?

JOHANNA

La femme de Werner.

FRANTZ

La femme de Werner? *(Il se lève et la regarde.)*
La femme de Werner? *(Il la considère avec stu-*
peur.) Qui vous envoie?

JOHANNA

Personne.

FRANTZ

Comment connaissez-vous le signal?

JOHANNA

Par Leni.

FRANTZ, *rire sec.*

Par Leni! Je vous crois bien!

JOHANNA

Elle frappait. Je l'ai... surprise et j'ai compté les coups.

FRANTZ

On m'avait prévenu que vous fouiniez partout. *(Un temps.)* Eh bien, Madame, vous avez couru le risque de me tuer. *(Elle rit.)* Riez! Riez! J'aurais pu tomber de saisissement. Qu'auriez-vous fait? On m'interdit les visites — à cause de mon cœur. Cet organe aurait très certainement flanché sans une circonstance imprévisible : le hasard a voulu que vous soyez belle. Oh! un instant : c'est bien fini. Je vous avais prise Dieu sait pour quoi... peut-être pour une vision. Profitez de cette erreur salutaire, disparaissez avant de commettre un crime!

JOHANNA

Non.

FRANTZ, *criant.*

Je vais... *(Il passe vers elle, menaçant, et s'arrête. Il se laisse retomber sur une chaise. Il se prend le pouls.)* Du cent quarante au moins. Mais foutez le camp, nom de Dieu, vous voyez bien que je vais crever!

JOHANNA

Ce serait la meilleure solution.

FRANTZ

Hein? *(Il ôte la main de sa poitrine et regarde
Johanna avec surprise.)* Elle avait raison : vous
êtes payée! *(Il se lève et marche avec aisance.)* On
ne m'aura pas si vite. Doucement! Doucement!
(Il revient brusquement sur elle.) La meilleure
solution? Pour qui? Pour tous les faux témoins
de la terre?

JOHANNA

Pour Werner et pour moi.

Elle le regarde.

FRANTZ, *ahuri.*

Je vous gêne?

JOHANNA

Vous nous tyrannisez.

FRANTZ

Je ne vous connais même pas.

JOHANNA

Vous connaissez Werner.

FRANTZ

J'ai oublié jusqu'à ses traits.

JOHANNA

On nous retient ici de force. En votre nom.

FRANTZ

Qui?

JOHANNA

Le père et Leni.

FRANTZ, *amusé.*

Ils vous battent, ils vous enchaînent?

JOHANNA

Mais non.

FRANTZ

Alors?

JOHANNA

Chantage.

FRANTZ

Cela oui. Ça les connaît. *(Rire sec. Il revient à son étonnement.)* En mon nom? Que veulent-ils?

JOHANNA

Nous garder en réserve : nous prendrons la relève en cas d'accident.

FRANTZ, *égayé.*

Votre mari fera ma soupe et vous balaierez ma chambre? Savez-vous repriser?

JOHANNA, *désignant l'uniforme en loques.*

Les travaux d'aiguille ne seront pas très absorbants.

FRANTZ

Détrompez-vous! Ce sont des trous consolidés. Si ma sœur n'avait des doigts de fée... *(Brusquement sérieux.)* Pas de relève : emmenez Werner au diable et que je ne vous revoie plus! *(Il va vers sa chaise. Au moment de s'asseoir, il se retourne.)* Encore là?

JOHANNA

Oui.

FRANTZ

Vous ne m'avez pas compris : je vous rends votre liberté.

JOHANNA

Vous ne me rendez rien du tout.

FRANTZ

Je vous dis que vous êtes libre.

JOHANNA

Des mots! Du vent!

FRANTZ

On veut des actes?

JOHANNA

Oui.

FRANTZ

Eh bien? Que faire?

JOHANNA

Le mieux serait de vous supprimer.

FRANTZ

Encore! *(Petit rire.)* N'y comptez pas. Sans façons.

JOHANNA, *un temps.*

Alors, aidez-nous.

FRANTZ, *suffoqué.*

Hein?

JOHANNA, *avec chaleur.*

Il faut nous aider, Frantz!

Un temps.

FRANTZ

Non. *(Un temps.)* Je ne suis pas du siècle. Je sauverai tout le monde à la fois mais je n'aide personne en particulier. *(Il marche avec agitation.)* Je vous interdis de me mêler à vos histoires. Je suis un malade, comprenez-vous? On en profite pour me faire vivre dans la dépendance la plus abjecte et vous devriez avoir honte, vous qui êtes jeune et bien portante, d'appeler un infirme, un opprimé, à votre secours. *(Un temps.)* Je suis fragile, Madame, et ma tranquillité passe avant tout. D'ordre médical. On vous étranglerait sous mes yeux sans que je lève un doigt. *(Avec complaisance.)* Je vous dégoûte?

JOHANNA

Profondément.

FRANTZ, *se frottant les mains.*

A la bonne heure!

JOHANNA

Mais pas assez pour que je m'en aille.

FRANTZ

Bon. *(Il prend le revolver et la vise.)* Je compte jusqu'à trois. *(Elle sourit.)* Un! *(Un temps.)* Deux! *(Un temps.)* Pfuitt! Plus personne. Escamotée! *(Aux Crabes.)* Quel calme! Elle se tait. Tout est là, camarades : « Sois belle et tais-toi. » Une image. Est-ce qu'elle s'inscrit sur votre vitre? Eh non! Qu'est-ce qui s'inscrirait? Rien n'est changé; rien n'est arrivé. La chambre a reçu le vide en coup de faux, voilà tout. Le vide, un diamant qui ne raye aucune vitre, l'absence, la Beauté. Vous n'y verrez que du feu, pauvres Crustacés. Vous avez pris nos yeux pour inspecter ce qui existe. Mais nous, du temps des hommes, avec ces mêmes yeux, il nous arrivait de voir ce qui n'existe pas.

JOHANNA, *tranquillement.*

Le père va mourir.

> *Un silence. Frantz jette le revolver et se lève brusquement.*

FRANTZ

Pas de chance! Leni vient de m'apprendre qu'il se portait comme un chêne.

JOHANNA

Elle ment.

FRANTZ, *avec assurance.*

A tout le monde, sauf à moi : c'est la règle du jeu. *(Brusquement.)* Allez vous cacher, vous devriez mourir de honte. Une ruse si grossière et si vite éventée! Hein, quoi? Deux fois belle en moins d'une heure — et vous ne profitez même pas de cette chance inouïe! Vous êtes de l'espèce vulgaire, ma jeune belle-sœur, et je ne m'étonne plus que Werner vous ait épousée.

> *Il lui tourne le dos, s'assied, frappe deux coquilles l'une contre l'autre. Visage durci et solitaire : il ignore Johanna.*

JOHANNA, *pour la première fois déconcertée.*

Frantz! *(Un silence.)*... Il mourra dans six mois! *(Silence. Surmontant sa peur, elle s'approche de lui et lui touche l'épaule. Pas de réaction. Sa main retombe. Elle le regarde en silence.)* Vous avez

raison : je n'ai pas su profiter de ma chance.
Adieu!

> *Elle va pour sortir.*

FRANTZ, *brusquement.*

Attendez! *(Elle se retourne lentement. Il lui
tourne le dos.)* Les comprimés, là-bas, dans le
tube. Sur la table de nuit. Passez-les-moi!

JOHANNA, *elle va à la table de nuit.*

Benzédrine : c'est cela? *(Il acquiesce de la tête.
Elle lui jette le tube qu'il attrape au vol.)* Pourquoi
prenez-vous de la benzédrine?

FRANTZ

Pour vous supporter.

> *Il avale quatre comprimés.*

JOHANNA

Quatre à la fois?

FRANTZ

Et quatre tout à l'heure qui font huit. *(Il
boit.)* On en veut à ma vie, Madame, je le sais;
vous êtes l'outil d'un assassin. C'est le moment
de raisonner juste, hein, quoi? Et serré. *(Il prend
un dernier comprimé.)* Il y avait des brumes...
(Doigt sur le front.)... là. J'y installe un soleil.
*(Il boit, fait un violent effort sur lui-même et se
retourne. Visage précis et dur.)* Cette robe, ces
bijoux, ces chaînes d'or, qui vous a conseillé de

les mettre? De les mettre *aujourd'hui?* C'est le
père qui vous envoie.

JOHANNA

Non.

FRANTZ

Mais il vous a donné ses bons avis. *(Elle veut
parler.)* Inutile! Je le connais comme si je l'avais
fait. Et, pour tout dire, je ne sais plus trop qui
de nous deux a fait l'autre. Quand je veux pré-
voir le tour qu'il manigance, je commence par
me lessiver le cerveau et puis je fais confiance
au vide; les premières pensées qui naissent, ce
sont les siennes. Savez-vous pourquoi? Il m'a créé
à son image — à moins qu'il ne soit devenu l'image
de ce qu'il créait. *(Il rit.)* Vous n'y entendez
goutte? *(Balayant tout d'un geste las.)* Ce sont
des jeux de reflets. *(Imitant le Père.)* « Et surtout
soyez belle! » Je l'entends d'ici. Il aime la Beauté,
ce vieux fou : donc il sait que je ne mets rien
au-dessus d'elle. Sauf ma propre folie. Vous êtes
sa maîtresse? *(Elle secoue la tête.)* C'est qu'il a
vieilli! Sa complice, alors?

JOHANNA

Jusqu'ici, j'étais son adversaire.

FRANTZ

Un renversement d'alliances? Il adore cela.
(Brusquement sérieux.) Six mois?

JOHANNA

Pas plus.

FRANTZ

Le cœur?

JOHANNA

La gorge.

FRANTZ

Un cancer? *(Signe de Johanna.)* Trente cigares
par jour! l'imbécile! *(Un silence.)* Un cancer?
Alors, il se tuera. *(Un temps. Il se lève, prend
des coquilles et bombarde le portrait de Hitler.)* Il
se tuera, vieux Führer, il se tuera! *(Un silence.
Johanna le regarde.)* Qu'est-ce qu'il y a?

JOHANNA

Rien. *(Un temps.)* Vous l'aimez.

FRANTZ

Autant que moi-même et moins que le choléra.
Que veut-il? Une audience?

JOHANNA

Non.

FRANTZ

Tant mieux pour lui. *(Criant.)* Je me moque
qu'il vive! Je me moque qu'il crève! Regardez
ce qu'il a fait de moi!

*Il prend le tube de comprimés et va pour
en dévisser le couvercle.*

JOHANNA, *doucement.*

Donnez-moi ce tube.

FRANTZ

De quoi vous mêlez-vous?

JOHANNA, *tendant la main.*

Donnez-le-moi!

FRANTZ

Il faut que je me dope : je déteste qu'on change
mes habitudes. *(Elle tend toujours la main.)* Je
vous le donne mais vous ne me parlerez plus de
cette histoire imbécile. D'accord? *(Johanna fait
un vague signe qui peut passer pour un acquiescement.)* Bon. *(Il lui donne le tube.)* Moi, je vais
tout oublier. A l'instant. J'oublie ce que je veux :
c'est une force, hein? *(Un temps.)* Voilà, *Requiescat
in pace. (Un temps.)* Eh bien? Parlez-moi!

JOHANNA

De qui? De quoi?

FRANTZ

De tout, sauf de la famille. De vous.

JOHANNA

Il n'y a rien à dire.

FRANTZ

A moi d'en décider. *(Il la regarde attentive-ment.)* Un piège à beauté, voilà ce que vous êtes. *(Il la détaille.)* A ce point, c'est professionnel. *(Un temps.)* Actrice?

JOHANNA

Je l'étais.

FRANTZ

Et puis?

JOHANNA

J'ai épousé Werner.

FRANTZ

Vous n'aviez pas réussi?

JOHANNA

Pas assez.

FRANTZ

Figurante? Starlette?

JOHANNA, *avec un geste qui refuse le passé.*

Bah!

FRANTZ

Star?

JOHANNA

Comme il vous plaira.

FRANTZ, *admiration ironique.*

Star! et vous n'avez pas réussi? Qu'est-ce que vous vouliez?

JOHANNA

Qu'est-ce qu'on peut vouloir? Tout.

FRANTZ, *lentement.*

Tout, oui. Rien d'autre. Tout ou rien. *(Riant.)* Cela finit mal, hein?

JOHANNA

Toujours.

FRANTZ

Et Werner? Est-ce qu'il veut *tout?*

JOHANNA

Non.

FRANTZ

Pourquoi l'avez-vous épousé?

JOHANNA

Parce que je l'aimais.

FRANTZ, *doucement.*

Mais non.

JOHANNA, *cabrée.*

Quoi?

FRANTZ

Ceux qui veulent tout...

JOHANNA, *même jeu.*

Eh bien?

FRANTZ

Ils ne peuvent pas aimer.

JOHANNA

Je ne veux plus rien.

FRANTZ

Sauf son bonheur, j'espère!

JOHANNA

Sauf cela. *(Un temps.)* Aidez-nous!

FRANTZ

Qu'attendez-vous de moi?

JOHANNA

Que vous ressuscitiez.

FRANTZ

Tiens! *(Riant.)* Vous me proposiez le suicide.

JOHANNA

C'est l'un ou l'autre.

FRANTZ, *mauvais ricanement.*

Tout s'éclaire! *(Un temps.)* Je suis inculpé de meurtre et c'est ma mort civile qui a mis fin aux poursuites. Vous le saviez, n'est-ce pas?

JOHANNA

Je le savais.

FRANTZ

Et vous voulez que je ressuscite?

JOHANNA

Oui.

FRANTZ

Je vois. *(Un temps.)* Si l'on ne peut pas tuer le beau-frère, on le fait mettre sous les verrous. *(Elle hausse les épaules.)* Dois-je attendre ici la police ou me constituer prisonnier?

JOHANNA, *agacée.*

Vous n'irez pas en prison.

FRANTZ

Non?

JOHANNA

Évidemment non.

FRANTZ

Alors, c'est qu'il arrangera mon affaire. *(Johanna
fait un signe d'acquiescement.)* Il ne se décourage
donc pas? *(Avec une ironie pleine de ressentiment.)*
Que n'a-t-il fait pour moi, le brave homme! *(Geste
pour désigner la chambre et lui-même.)* Et voilà
le résultat! *(Avec violence.)* Allez tous au diable!

JOHANNA, *déception accablée.*

Oh! Frantz! Vous êtes un lâche!

FRANTZ, *se redressant avec violence.*

Quoi? *(Il se reprend. Avec un cynisme appli-
qué.)* Eh bien, oui. Après?

JOHANNA

Et ça?

> Elle effleure du bout des doigts ses médailles.

FRANTZ

Ça? *(Il arrache une médaille, ôte le papier d'argent. Elle est en chocolat, il la mange.)* Oh! je les ai
toutes gagnées; elles sont à moi, j'ai le droit de
les manger. L'héroïsme, voilà mon affaire. Mais
les héros... Enfin, vous savez ce que c'est.

JOHANNA

Non.

FRANTZ

Eh bien, il y a de tout : des gendarmes et des

voleurs, des militaires et des civils — peu de
civils —, des lâches et même des hommes courageux; c'est la foire. Un seul trait commun : les
médailles. Moi, je suis un héros lâche et je porte
les miennes en chocolat : c'est plus décent. Vous
en voulez? N'hésitez pas : j'en ai plus de cent
dans mes tiroirs.

JOHANNA

Volontiers.

> *Il arrache une médaille et la lui tend. Elle
> la prend et la mange.*

FRANTZ, *brusquement avec violence.*

Non!

JOHANNA

Plaît-il?

FRANTZ

Je ne me laisserai pas juger par la femme de
mon frère cadet. *(Avec force.)* Je ne suis pas un
lâche, Madame, et la prison ne me fait pas peur :
j'y vis. Vous ne résisteriez pas trois jours au
régime que l'on m'impose.

JOHANNA

Qu'est-ce que cela prouve? Vous l'avez choisi.

FRANTZ

Moi? Mais je ne choisis jamais, ma pauvre
amie! Je suis choisi. Neuf mois avant ma nais-

sance, on a fait choix de mon nom, de mon office, de mon caractère et de mon destin. Je vous dis qu'on me l'impose, ce régime cellulaire, et vous devriez comprendre que je ne m'y soumettrais pas sans une raison capitale.

JOHANNA

Laquelle?

FRANTZ, *il fait un pas en arrière.*
Un bref silence.

Vos yeux brillent. Non, Madame, je ne ferai pas d'aveux.

JOHANNA

Vous êtes au pied du mur, Frantz : ou vos raisons seront valables, ou la femme de votre frère cadet vous jugera sans recours.

Elle s'est approchée de lui et veut détacher une médaille.

FRANTZ

C'est vous, la mort? Non, prenez plutôt les croix : c'est du chocolat suisse.

JOHANNA, *prenant une croix.*

Merci. *(Elle s'éloigne un peu de lui.)* La mort? Je lui ressemble?

FRANTZ

Par moments.

JOHANNA, *elle jette un coup d'œil à la glace.*

Vous m'étonnez. Quand?

FRANTZ

Quand vous êtes belle. *(Un temps.)* Vous leur servez d'outil, Madame. Ils se sont arrangés pour que vous me demandiez des comptes. Et si je vous les rends, je risque ma peau. *(Un temps.)* Tant pis : je prends tous les risques, allez-y!

JOHANNA, *après un temps.*

Pourquoi vous cachez-vous ici?

FRANTZ

D'abord, je ne me cache pas. Si j'avais voulu échapper aux poursuites, il y a beau temps que je serais parti pour l'Argentine. *(Montrant le mur.)* Il y avait une fenêtre. Ici. Elle donnait sur ce qui fut notre parc.

JOHANNA

Sur ce qui *fut?*

FRANTZ

Oui. *(Ils se regardent un instant. Il reprend.)* Je l'ai fait murer. *(Un temps.)* Il se passe quelque chose. Au-dehors. Quelque chose que je ne veux pas voir.

JOHANNA

Quoi?

FRANTZ, *il la regarde avec défi.*

L'assassinat de l'Allemagne. *(Il la regarde toujours, mi-suppliant, mi-menaçant, comme pour l'empêcher de parler : ils ont atteint la zone dangereuse.)*
Taisez-vous : j'ai vu les ruines.

JOHANNA

Quand?

FRANTZ

A mon retour de Russie.

JOHANNA

Il y a quatorze ans de cela.

FRANTZ

Oui.

JOHANNA

Et vous croyez que rien n'a changé?

FRANTZ

Je *sais* que tout empire d'heure en heure.

JOHANNA

C'est Leni qui vous informe?

FRANTZ

Oui.

JOHANNA

Lisez-vous les journaux?

FRANTZ

Elle les lit pour moi. Les villes rasées, les machines brisées, l'industrie saccagée, la montée en flèche du chômage, et de la tuberculose, la chute verticale des naissances, rien ne m'échappe. Ma sœur recopie toutes les statistiques *(désignant le tiroir de la table)*, elles sont rangées dans ce tiroir; le plus beau meurtre de l'Histoire, j'ai toutes les preuves. Dans vingt ans au moins, dans cinquante ans au plus, le dernier Allemand sera mort. Ne croyez pas que je me plaigne : nous sommes vaincus, on nous égorge, c'est impeccable. Mais vous comprenez peut-être que je n'aie pas envie d'assister à cette boucherie. Je ne ferai pas le circuit touristique des cathédrales détruites et des fabriques incendiées, je ne rendrai pas visite aux familles entassées dans les caves, je ne vagabonderai pas au milieu des infirmes, des esclaves, des traîtres et des putains. Je suppose que vous êtes habituée à ce spectacle mais, je vous le dis franchement, il me serait insupportable. Et les lâches, à mes yeux, sont ceux qui peuvent le supporter. Il fallait la gagner, cette guerre. Par tous les moyens. Je dis bien *tous;* hein, quoi? ou disparaître. Croyez que j'aurais eu le courage militaire de me faire sauter la tête, mais puisque le peuple allemand accepte l'abjecte agonie qu'on lui impose, j'ai décidé de garder une bouche pour crier non. *(Il s'énerve brusquement.)* Non! Non coupable! *(Criant.)* Non. *(Un silence.)* Voilà.

JOHANNA, *lentement;*
elle ne sait que décider.

L'abjecte agonie qu'on lui impose...

FRANTZ, *sans la quitter des yeux.*

J'ai dit : voilà, voilà tout.

JOHANNA, *distraitement.*

Eh oui, voilà. Voilà tout. *(Un temps.)* C'est
pour cette seule raison que vous vous enfermez?

FRANTZ

Pour cette seule raison. *(Un silence. Elle réflé-*
chit.) Qu'est-ce qu'il y a? Finissez votre travail.
Je vous ai fait peur?

JOHANNA

Oui.

FRANTZ

Pourquoi, bonne âme?

JOHANNA

Parce que vous avez peur.

FRANTZ

De vous?

JOHANNA

De ce que je vais dire. *(Un temps.)* Je voudrais
ne pas savoir ce que je sais.

FRANTZ, *dominant son angoisse mortelle,*
avec défi.

Qu'est-ce que vous savez? *(Elle hésite, ils se*
mesurent du regard.) Hein? Qu'est-ce que vous
savez? *(Elle ne répond pas. Un silence. Ils se*
regardent : ils ont peur. On frappe à la porte :
cinq, quatre, trois fois deux. Frantz sourit vague-
ment. Il se lève et va ouvrir une des portes du fond.
On entrevoit une baignoire. A voix basse.) Ce ne
sera qu'un instant.

JOHANNA, *à mi-voix.*

Je ne me cacherai pas.

FRANTZ, *un doigt sur les lèvres.*

Chut! *(A voix basse.)* Si vous faites la fière,
vous perdez le bénéfice de votre petite combi-
naison.

Elle hésite, puis se décide à entrer dans la
salle de bains. On frappe encore.

SCÈNE VI

FRANTZ, LENI

Leni porte un plateau.

LENI, *stupéfaite.*

Tu ne t'es pas verrouillé?

FRANTZ

Non.

LENI

Pourquoi?

FRANTZ, *sec.*

Tu m'interroges? *(Vite.)* Donne-moi ce plateau et reste ici.

Il lui prend le plateau des mains et va le porter sur la table.

LENI, *ahurie.*

Qu'est-ce qui te prend?

FRANTZ

Il est trop lourd. *(Il se retourne et la regarde.)*
Me reprocherais-tu mes bons mouvements?

LENI

Non, mais j'en ai peur. Quand tu deviens bon,
je m'attends au pire.

FRANTZ, *riant.*

Ha! Ha! *(Elle entre et ferme la porte derrière
elle.)* Je ne t'ai pas dit d'entrer. *(Un temps. Il
prend une aile de poulet et mange.)* Eh bien, je
m'en vais dîner. A demain.

LENI

Attends. Je veux te demander pardon. C'est
moi qui t'ai cherché querelle.

FRANTZ, *la bouche pleine.*

Querelle?

LENI

Oui, tout à l'heure.

FRANTZ, *vague.*

Ah oui! Tout à l'heure... *(Vivement.)* Eh bien,
voilà! Je te pardonne.

LENI

Je t'ai dit que j'avais peur de te mépriser :
c'était faux.

FRANTZ

Parfait! Parfait! Tout est parfait.

Il mange.

LENI

Tes crabes, je les accepte, je me soumets à leur tribunal. Veux-tu que je leur dise? *(Aux Crabes.)* Crustacés, je vous révère.

FRANTZ

Qu'est-ce qui te prend?

LENI

Je ne sais pas. *(Un temps.)* Il y a cela aussi que je voulais te dire : j'ai besoin que tu existes, toi, l'héritier du nom, le seul dont les caresses me troublent sans m'humilier. *(Un temps.)* Je ne vaux rien, mais je suis née Gerlach, cela veut dire : folle d'orgueil — et je ne puis faire l'amour qu'avec un Gerlach. L'inceste, c'est ma loi, c'est mon destin. *(Riant.)* En un mot, c'est ma façon de resserrer les liens de famille.

FRANTZ, *impérieusement.*

Suffit. A demain la psychologie. *(Elle sursaute, sa défiance lui revient, elle l'observe.)* Nous sommes réconciliés, je t'en donne ma parole. *(Un silence.)* Dis-moi, la bossue...

LENI, *prise au dépourvu.*

Quelle bossue?

FRANTZ

La femme de Werner. Est-elle jolie au moins?

LENI

Ordinaire.

FRANTZ

Je vois. *(Un temps. Sérieusement.)* Merci, petite
sœur. Tu as fait ce que tu as pu. Tout ce que tu
as pu. *(Il la reconduit jusqu'à la porte. Elle se
laisse faire, mais demeure inquiète.)* Je n'étais pas
un malade très commode, hein? Adieu!

LENI, *essayant de rire.*

Quelle solennité! Je te reverrai demain, tu sais.

FRANTZ, *doucement, presque tendrement.*

Je l'espère de tout mon cœur.

*Il a ouvert la porte. Il se penche et l'em-
brasse sur le front. Elle hausse la tête, l'embrasse brusquement sur la bouche et sort.*

SCÈNE VII

FRANTZ, seul

Il referme la porte, met le verrou, sort son mou-choir et s'essuie les lèvres. Il revient vers la table.

FRANTZ

Ne vous y trompez pas, camarades : Leni ne *peut pas* mentir. *(Montrant la salle de bains.)* La men-teuse est là : je vais la confondre, hein, quoi? N'ayez crainte : je connais plus d'un tour. Vous assisterez ce soir à la déconfiture d'un faux témoin. *(Il s'aperçoit que ses mains tremblent, fait un violent effort sur lui-même sans les quitter des yeux.)* Allons, mes petites, allons donc! Là! là! *(Elles cessent peu à peu de trembler. Coup d'œil à la glace, il tire sur sa veste et rajuste son ceinturon. Il a changé. Pour la première fois, depuis le début du tableau, il a la pleine maîtrise de soi. Il va à la porte de la salle de bains, l'ouvre et s'incline.)* Au travail, Madame!

> *Johanna entre. Il ferme la porte et la suit, dur, aux aguets. Durant toute la scène sui-vante, il sera visible qu'il cherche à la dominer.*

SCÈNE VIII

FRANTZ, JOHANNA

Frantz a refermé la porte. Il revient se placer devant Johanna. Johanna a fait un pas vers la porte d'entrée. Elle s'arrête.

FRANTZ

Ne bougez pas. Leni n'a pas quitté le salon.

JOHANNA

Qu'y fait-elle?

FRANTZ

De l'ordre. *(Un nouveau pas.)* Vos talons! *(Il frappe de petits coups contre la porte pour imiter le bruit des talons de femme. Frantz parle sans quitter Johanna des yeux. On sent qu'il mesure le risque qu'il court et que ses paroles sont calculées.)* Vous vouliez partir, mais vous aviez des révélations à me faire?

JOHANNA, *elle semble mal à l'aise depuis qu'elle est sortie de la salle de bains.*

Mais non.

FRANTZ

Ah! *(Un temps.)* Tant pis! *(Un temps.)* Vous ne direz rien?

JOHANNA

Je n'ai rien à dire.

FRANTZ, *il se lève brusquement.*

Non, ma chère belle-sœur, ce serait trop commode. On a voulu m'affranchir, on a changé d'avis et puis l'on s'en ira pour toujours en laissant derrière soi des doutes choisis qui vont m'empoisonner : pas de ça! *(Il va à la table, prend deux coupes et une bouteille. En versant du champagne dans les coupes.)* C'est l'Allemagne? Elle se relève? Nous nageons dans la prospérité?

JOHANNA, *exaspérée.*

L'Allemagne...

FRANTZ, *très vite, se bouchant les oreilles.*

Inutile! Inutile! Je ne vous croirai pas. *(Johanna le regarde, hausse les épaules et se tait. Il marche, désinvolte et plein d'aisance.)* En somme, c'est un échec.

JOHANNA

Quoi?

FRANTZ

Votre équipée.

JOHANNA

Oui. *(Un temps, voix sourde.)* Il fallait vous guérir ou vous tuer.

FRANTZ

Eh oui! *(Aimablement.)* Vous trouverez autre chose. *(Un temps.)* Moi, vous m'avez donné le plaisir de vous regarder et je tiens à vous remercier de votre générosité.

JOHANNA

Je ne suis pas généreuse.

FRANTZ

Comment appellerez-vous la peine que vous avez prise? Et ce travail au miroir? Cela vous a coûté plusieurs heures. Que d'apprêts pour un seul homme!

JOHANNA

Je fais cela tous les soirs.

FRANTZ

Pour Werner.

JOHANNA

Pour Werner. Et quelquefois pour ses amis.

FRANTZ, *il secoue la tête en souriant.*

Non.

JOHANNA

Je traîne en souillon dans ma chambre? Je me néglige?

FRANTZ

Non plus. *(Il cesse de la regarder, tourne les yeux vers le mur et la décrit comme il l'imagine.)* Vous vous tenez droite. Très droite. Pour garder la tête hors de l'eau. Cheveux tirés. Lèvres nues. Pas un grain de poudre. Werner a droit aux soins, à la tendresse, aux baisers : aux sourires, jamais; vous ne souriez plus.

JOHANNA, *souriant.*

Visionnaire!

FRANTZ

Les séquestrés disposent de lumières spéciales qui leur permettent de se reconnaître entre eux.

JOHANNA

Ils ne doivent pas se rencontrer bien souvent.

FRANTZ

Eh bien, vous voyez : cela se produit quelquefois.

JOHANNA

Vous me reconnaissez?

FRANTZ

Nous nous reconnaissons.

JOHANNA

Je suis une séquestrée? *(Elle se lève, se regarde dans la glace et se retourne, très belle, provocante pour la première fois.)* Je n'aurais pas cru.

> *Elle va vers lui.*

FRANTZ, *vivement.*

Vos talons!

> *Johanna ôte ses souliers en souriant et les jette l'un après l'autre contre le portrait de Hitler.*

JOHANNA, *proche de Frantz.*

J'ai vu la fille d'un client de Werner : enchaînée, trente-cinq kilos, couverte de poux. Je lui ressemble?

FRANTZ

Comme une sœur. Elle voulait tout, je suppose : c'est jouer perdant. Elle a tout perdu et s'est enfermée dans sa chambre pour faire semblant de tout refuser.

JOHANNA, *agacée.*

Va-t-on parler de moi longtemps? *(Elle fait un pas en arrière et, désignant le plancher.)* Leni doit avoir quitté le salon.

FRANTZ

Pas encore.

JOHANNA, *coup d'œil au bracelet-montre.*

Werner va rentrer. Huit heures.

FRANTZ, *violent.*

Non! *(Elle le regarde avec surprise.)* Jamais
d'heure ici : l'Éternité. *(Il se calme.)* Patience :
vous serez libre bientôt.

Un temps.

JOHANNA, *mélange de défi et de curiosité.*

Alors? Je me séquestre?

FRANTZ

Oui.

JOHANNA

Par orgueil?

FRANTZ

Dame!

JOHANNA

Qu'est-ce qui vous manque?

FRANTZ

Vous n'étiez pas assez belle.

JOHANNA, *souriant.*

Flatteur!

FRANTZ

Je dis ce que vous pensez.

JOHANNA

Et vous? Que pensez-vous?

FRANTZ

De moi?

JOHANNA

De moi.

FRANTZ

Que vous êtes possédée.

JOHANNA

Folle?

FRANTZ

A lier.

JOHANNA

Qu'est-ce que vous me racontez? Votre histoire ou la mienne?

FRANTZ

La nôtre.

JOHANNA

Qu'est-ce qui vous possédait, vous?

FRANTZ

Est-ce que cela porte un nom? Le vide. *(Un temps.)* Disons : la grandeur... *(Il rit.)* Elle me possédait mais je ne la possédais pas.

JOHANNA

Voilà.

FRANTZ

Vous vous guettiez, hein? Vous cherchiez à vous surprendre? *(Johanna fait un signe d'acquiescement.)* Vous vous êtes attrapée?

JOHANNA

Pensez vous! *(Elle se regarde dans la glace avec complaisance.)* Je voyais ça. *(Elle désigne son reflet. Un temps.)* J'allais dans les salles de quartier. Quand la star Johanna Thies glissait sur le mur du fond, j'entendais une petite rumeur. Ils étaient émus, chacun par l'émotion de l'autre. Je regardais...

FRANTZ

Et puis?

JOHANNA

Et puis rien. Je n'ai jamais vu ce qu'ils voyaient. *(Un temps.)* Et vous?

FRANTZ

Eh bien, j'ai fait comme vous : je me suis raté. On m'a décoré devant l'armée entière. Est-ce que Werner vous trouve belle?

JOHANNA

J'espère bien que non. Un seul homme, vous pensez! Est ce que cela compte?

FRANTZ, *lentement.*

Moi, je vous trouve belle.

JOHANNA

Tant mieux pour vous mais ne m'en parlez pas. Personne, vous m'entendez, personne, depuis que le public m'a rejetée... *(Elle se calme un peu et rit.)* Vous vous prenez pour un corps d'armée.

FRANTZ

Pourquoi pas? *(Il ne cesse pas de la regarder.)* Il faut me croire, c'est votre chance, si vous me croyez, je deviens innombrable.

JOHANNA, *riant nerveusement.*

C'est un marché : « Entrez dans ma folie, j'entrerai dans la vôtre. »

FRANTZ

Pourquoi pas? Vous n'avez plus rien à perdre. Et, quant à ma folie, il y a longtemps que vous y êtes entrée. *(Désignant la porte d'entrée.)* Quand je vous ai ouvert la porte, ce n'est pas moi que vous avez vu : c'est quelque image au fond de mes yeux.

JOHANNA

Parce qu'ils sont vides.

FRANTZ

Pour cela même.

JOHANNA

Je ne me rappelle même plus ce que c'était, la photo d'une star défunte. Tout a disparu quand vous avez parlé.

FRANTZ

Vous avez parlé d'abord.

JOHANNA

Ce n'était pas supportable. Il fallait rompre le silence.

FRANTZ

Rompre le charme.

JOHANNA

De toute manière, c'était bien fini. *(Un temps.)* Qu'est-ce qui vous prend? *(Elle rit nerveusement.)* On dirait l'œil de la caméra. Assez. Vous êtes mort.

FRANTZ

Pour vous servir. La mort est le miroir de la mort. Ma grandeur reflète votre beauté.

JOHANNA

C'est aux vivants que je voulais plaire.

FRANTZ

Aux foules éreintées qui rêvent de mourir? Vous leur montriez le visage pur et tranquille de l'Éternel Repos. Les cinémas sont des cimetières, chère amie. Comment vous appelez-vous?

JOHANNA

Johanna.

FRANTZ

Johanna, je ne vous désire pas, je ne vous aime pas. Je suis votre témoin et celui de tous les hommes. Je porte témoignage devant les siècles et je dis : vous êtes belle.

JOHANNA, *comme fascinée.*

Oui.

> *Il frappe violemment sur la table.*

FRANTZ, *d'une voix dure.*

Avouez que vous avez menti : dites que l'Allemagne agonise.

JOHANNA, *elle tressaille presque douloureusement. C'est un réveil.*

Ha! *(Elle frissonne, son visage se crispe. Elle devient un instant presque laide.)* Vous avez tout gâché.

FRANTZ

Tout : j'ai brouillé l'image. *(Brusquement.)* Et vous voudriez me faire revivre? Vous casseriez le miroir pour rien. Je descendrais parmi vous. Je mangerais la soupe en famille et vous iriez à

Hambourg avec votre Werner. Où cela nous mènera-t-il?

JOHANNA, *elle s'est reprise. Souriant.*

A Hambourg.

FRANTZ

Vous n'y serez plus jamais belle.

JOHANNA

Non, plus jamais.

FRANTZ

Ici, vous le serez tous les jours.

JOHANNA

Oui, si je reviens tous les jours.

FRANTZ

Vous reviendrez.

JOHANNA

Vous ouvrirez la porte?

FRANTZ

Je l'ouvrirai.

JOHANNA, *imitant Frantz.*

Où cela nous mènera-t-il?

FRANTZ

Ici, dans l'Éternité.

JOHANNA, *souriant.*

Dans un délire à deux... *(Elle réfléchit. La fascination disparue, on sent qu'elle revient à ses projets initiaux.)* Bon. Je reviendrai.

FRANTZ

Demain?

JOHANNA

Demain, peut-être.

FRANTZ, *doucement. Silence de Johanna.*

Dites que l'Allemagne agonise. Dites-le, sinon le miroir est en miettes. *(Il s'énerve, ses mains recommencent à trembler.)* Dites-le! Dites-le! Dites-le!

JOHANNA, *lentement.*

Un délire à deux : soit. *(Un temps.)* L'Allemagne est à l'agonie.

FRANTZ

C'est bien vrai?

JOHANNA

Oui.

FRANTZ

On nous égorge?

JOHANNA

Oui.

FRANTZ

Bien. *(Il tend l'oreille.)* Elle est partie. *(Il va ramasser les souliers de Johanna, s'agenouille devant elle et les lui chausse. Elle se lève. Il se relève et s'incline, claquant des talons.)* A demain! *(Johanna va presque jusqu'à la porte, il la suit, tire le verrou, ouvre la porte. Elle lui fait un signe de tête et un très léger sourire. Elle va pour partir, il l'arrête.)* Attendez! *(Elle se retourne, il la regarde avec une défiance soudaine.)* Qui a gagné?

JOHANNA

Gagné quoi?

FRANTZ

La première manche.

JOHANNA

Devinez.

> *Elle sort. Il ferme la porte. Barre de fer. Verrou. Il semble soulagé. Il remonte vers le milieu de la pièce. Il s'arrête.*

SCÈNE IX

FRANTZ, seul

FRANTZ

Ouf! *(Le sourire reste un instant sur son visage et puis les traits se crispent. Il a peur.)* De profundis clamavi! *(La souffrance le submerge.)* Grincez! Grincez! Grincez donc! *(Il se met à trembler.)*

FIN DE L'ACTE II

ACTE III

Le bureau de Werner. Meubles modernes. Un miroir. Deux portes.

SCÈNE PREMIÈRE

LE PÈRE, LENI

On frappe. La scène est déserte. On frappe encore. Puis le Père entre. Il porte une serviette de la main gauche; son imperméable est enroulé sur son bras droit. Il referme la porte, pose imperméable et serviette sur un fauteuil puis, se ravisant, revient à la porte et l'ouvre.

LE PÈRE, *appelant à la cantonade.*

Je te vois! *(Un très léger silence.)* Leni!

Leni paraît au bout d'un instant.

LENI, *avec un peu de défi.*

Me voilà!

LE PÈRE, *en lui caressant les cheveux.*

Bonjour. Tu te cachais?

LENI, *léger recul.*

Bonjour, père. Je me cachais, oui. *(Elle le regarde.)* Quelle mine!

LE PÈRE

Le voyage m'a fouetté le sang.

Il tousse. Toux sèche et brève qui fait mal.

LENI

Il y a la grippe à Leipzig?

LE PÈRE, *sans comprendre.*

La grippe? *(Il a compris.)* Non. Je tousse. *(Elle le regarde avec une sorte de peur.)* Qu'est-ce que cela peut te faire?

LENI, *elle s'est détournée
et regarde dans le vide.*

J'espère que cela ne me fera rien.

Un temps.

LE PÈRE, *jovial.*

Donc, tu m'espionnais?

LENI, *aimable.*

Je vous épiais. Chacun son tour.

LE PÈRE

Tu ne perds pas de temps : j'arrive.

LENI

Je voulais savoir ce que vous feriez en arrivant.

LE PÈRE

Tu vois : je rends visite à Werner.

LENI, *coup d'œil à son bracelet-montre.*

Vous savez très bien que Werner est aux chantiers.

LE PÈRE

Je l'attendrai.

LENI, *feignant la stupeur.*

Vous?

LE PÈRE

Pourquoi pas?

> *Il s'assied.*

LENI

Pourquoi pas, en effet? *(Elle s'assied à son tour.)* En ma compagnie?

LE PÈRE

Seul.

LENI

Bien. *(Elle se relève.)* Qu'avez-vous fait?

LE PÈRE, *étonné.*

A Leipzig?

LENI

Ici.

LE PÈRE, *même jeu.*

Qu'est-ce que j'ai fait?

LENI

Je vous le demande.

LE PÈRE

Il y a six jours que je suis parti, mon enfant.

LENI

Qu'avez-vous fait dimanche soir?

LE PÈRE

Ah! Tu m'agaces. *(Un temps.)* Rien. J'ai dîné et j'ai dormi.

LENI

Tout a changé. Pourquoi?

LE PÈRE

Qu'est-ce qui a changé?

LENI

Vous le savez.

LE PÈRE

Je sors d'avion : je ne sais rien, je n'ai rien vu.

LENI

Vous me voyez.

LE PÈRE

Justement. *(Un temps.)* Tu ne changeras jamais, Leni. Quoi qu'il arrive.

LENI

Père! *(Désignant le miroir.)* Moi aussi, je me vois. *(Elle s'en approche.)* Naturellement vous m'avez décoiffée. *(Se recoiffant.)* Quand je me rencontre...

LE PÈRE

Tu ne te reconnais plus?

LENI

Plus du tout. *(Elle laisse tomber les bras.)* Bah! *(Se regardant avec une lucidité étonnée.)* Quelle futilité! *(Sans se retourner.)* Hier, au dîner, Johanna s'était fardée.

LE PÈRE

Ah? *(Ses yeux brillent un instant mais il se reprend.)* Alors?

LENI

Rien de plus.

LE PÈRE

C'est ce que toutes les femmes font tous les jours.

LENI

C'est ce qu'elle ne fait jamais.

LE PÈRE

Elle aura voulu reprendre en main son mari.

LENI

Son mari! *(Moue insultante.)* Vous n'avez pas
vu ses yeux.

LE PÈRE, *souriant.*

Eh bien, non. Qu'est-ce qu'ils avaient?

LENI, *brièvement.*

Vous les verrez. *(Un temps. Rire sec.)* Ah! vous
ne reconnaîtrez personne. Werner parle haut; il
mange et boit comme quatre.

LE PÈRE

Ce n'est pas moi qui vous ai changés.

LENI

Qui d'autre?

LE PÈRE

Personne : les folies de ce vieux gosier. Bon :
quand un père prend congé... Mais de quoi te
plains-tu? Je vous ai donné six mois de préavis.
Vous aurez tout le temps de vous y faire et tu
devrais me remercier.

LENI

Je vous remercie. *(Un temps. D'une voix chan-*
gée.) Dimanche dans la soirée, vous nous avez fait
cadeau d'une bombe à retardement. Où est-elle?
(Le Père hausse les épaules et sourit.) Je la trou-
verai.

LE PÈRE

Une bombe! Pourquoi veux-tu...?

LENI

Les grands de ce monde ne supportent pas de
mourir seuls.

LE PÈRE

Je vais faire sauter la famille entière?

LENI

La famille, non : vous ne l'aimez pas assez
pour cela. *(Un temps.)* Frantz.

LE PÈRE

Pauvre Frantz! Je l'emporterais seul dans ma
tombe quand l'univers me survivra? Leni, j'espère
bien que tu m'en empêcheras.

LENI

Comptez sur moi. *(Elle fait un pas vers lui.)*
Si quelqu'un tente de l'approcher, vous partirez
tout de suite et seul.

LE PÈRE

Bon. *(Un silence. Il s'assied.)* Tu n'as rien d'autre à me dire? *(Elle fait signe que non. Avec autorité mais sans changer de ton.)* Va-t'en.

Leni le regarde un instant, incline la tête et sort. Le Père se lève, va ouvrir la porte, jette un coup d'œil dans le couloir comme pour vérifier que Leni ne s'y cache pas, referme la porte, lui donne un tour de clef et met son mouchoir sur la clef de manière à masquer la serrure. Il se retourne, traverse la pièce, va à la porte du fond et l'ouvre.

SCÈNE II

LE PÈRE, puis JOHANNA

LE PÈRE, *d'une voix forte.*

Johanna!

> *Il est interrompu par une quinte de toux.
> Il se retourne : à présent qu'il est seul, il ne
> se maîtrise plus, et visiblement, il souffre. Il
> va au bureau, prend une carafe, se verse un
> verre d'eau et le boit. Johanna entre par la
> porte du fond et le voit de dos.*

JOHANNA

Qu'est-ce que... *(Il se retourne.)* C'est vous?

LE PÈRE, *d'une voix encore étranglée.*

Eh bien, oui! *(Il lui baise la main. Sa voix
s'affermit.)* Vous ne m'attendiez pas?

JOHANNA

Je vous avais oublié. *(Elle se reprend et rit.)*
Vous avez fait un bon voyage?

LE PÈRE

Excellent. *(Elle regarde le mouchoir sur la clef.)*
Ce n'est rien : un œil crevé. *(Un temps. Il la
regarde.)* Vous n'êtes pas fardée.

JOHANNA

Non.

LE PÈRE

Vous n'irez donc pas chez Frantz?

JOHANNA

Je n'irai chez personne : j'attends mon mari.

LE PÈRE

Mais vous l'avez vu?

JOHANNA

Qui?

LE PÈRE

Mon fils.

JOHANNA

Vous avez deux fils et je ne sais duquel vous
parlez.

LE PÈRE

De l'aîné. *(Un silence.)* Eh bien, mon enfant?

JOHANNA, *sursautant.*

Père?

LE PÈRE

Et notre accord?

JOHANNA, *avec un air de stupeur amusée.*

C'est vrai : vous avez des droits! Quelle comédie! *(Presque en confidence.)* Tout est comique, au rez-de-chaussée, même vous qui allez mourir. Comment faites-vous pour garder cet air raisonnable? *(Un temps.)* Bon, je l'ai vu. *(Un temps.)* Je suis sûre que vous ne comprendrez rien.

LE PÈRE, *il s'attendait à cet aveu
mais ne peut l'entendre
sans une sorte d'angoisse.*

Vous avez vu Frantz? *(Un temps.)* Quand? Lundi?

JOHANNA

Lundi et tous les autres jours.

LE PÈRE

Tous les jours! *(Stupéfait.)* Cinq fois?

JOHANNA

Il faut croire. Je n'ai pas compté.

LE PÈRE

Cinq fois. *(Un temps.)* C'est un miracle.

Il se frotte les mains.

JOHANNA, *avec autorité et sans élever la voix.*

S'il vous plaît. *(Le Père remet les mains dans ses poches.)* Ne vous réjouissez pas.

LE PÈRE

Il faut m'excuser, Johanna. Dans l'avion de retour, j'avais des sueurs froides : je croyais tout perdu.

JOHANNA

Eh bien?

LE PÈRE

J'apprends que vous le voyez chaque jour.

JOHANNA

C'est moi qui perds tout.

LE PÈRE

Pourquoi? *(Elle hausse les épaules.)* Mon enfant, s'il vous ouvre sa porte, il faut que vous vous entendiez, tous les deux.

JOHANNA

Nous nous entendons. *(Ton cynique et dur.)* Comme larrons en foire.

LE PÈRE, *déconcerté.*

Hein? *(Silence.)* Enfin, vous êtes bons amis?

JOHANNA

Tout sauf des amis.

LE PÈRE

Tout? *(Un temps.)* Vous voulez dire...

JOHANNA, *surprise.*

Quoi? *(Elle éclate de rire.)* Amants? Figurez-
vous que nous n'y avons pas pensé. Était-ce néces-
saire à vos projets?

LE PÈRE, *avec un peu d'humeur.*

Je m'excuse, ma bru, mais c'est votre faute :
vous ne m'expliquez rien parce que vous avez
décidé que je ne comprendrais pas.

JOHANNA

Il n'y a rien à expliquer.

LE PÈRE, *inquiet.*

Il n'est pas... malade, au moins?

JOHANNA

Malade? *(Elle comprend. Avec un écrasant
mépris.)* Oh! Fou? *(Haussant les épaules.)* Que
voulez-vous que j'en sache?

LE PÈRE

Vous le voyez vivre.

JOHANNA

S'il est fou, je suis folle. Et pourquoi ne le
serais-je pas?

LE PÈRE

En tout cas vous pouvez me dire s'il est malheureux.

JOHANNA, *amusée.*

Et voilà! *(En confidence.)* Là-haut, les mots n'ont pas le même sens.

LE PÈRE

Bien. Comment dit-on, là-haut, qu'on souffre?

JOHANNA

On ne souffre pas.

LE PÈRE

Ah?

JOHANNA

On est occupé.

LE PÈRE

Frantz est occupé? *(Signe de Johanna.)* A quoi?

JOHANNA

A quoi? Vous voulez dire : par qui?

LE PÈRE

Oui : c'est ce que je veux dire. Alors?

JOHANNA

Cela ne me regarde pas.

LE PÈRE, *doucement.*

Vous ne voulez pas me parler de lui?

JOHANNA, *avec une profonde lassitude.*

En quelle langue? Il faut tout le temps tra-
duire : cela me fatigue. *(Un temps.)* Je vais m'en
aller, père.

LE PÈRE

Vous l'abandonnerez?

JOHANNA

Il n'a besoin de personne.

LE PÈRE

Naturellement, c'est votre droit, vous êtes
libre. *(Un temps.)* Vous m'aviez fait une promesse.

JOHANNA

Je l'ai tenue.

LE PÈRE

Il sait... *(Signe de Johanna.)* Qu'a-t-il dit?

JOHANNA

Que vous fumiez trop.

LE PÈRE

Et puis?

JOHANNA

Rien d'autre.

LE PÈRE, *profondément blessé.*

Je le savais! Elle lui ment sur toute la ligne, la garce! Que ne lui aura-t-elle pas raconté, pendant treize ans...

> *Johanna rit doucement. Il s'arrête net et la regarde.*

JOHANNA

Vous voyez bien que vous ne comprenez pas! *(Il la regarde, durci.)* Que croyez-vous que je fasse, chez Frantz? Je lui mens.

LE PÈRE

Vous?

JOHANNA

Je n'ouvre pas la bouche sans lui mentir.

LE PÈRE, *stupéfait et presque désarmé.*

Mais... vous détestiez le mensonge.

JOHANNA

Je le déteste toujours.

LE PÈRE

Eh bien?

JOHANNA

Eh bien, voilà : je mens. A Werner par mes
silences; à Frantz par mes discours.

LE PÈRE, *très sec.*

Ce n'est pas ce dont nous avions convenu.

JOHANNA

Eh non!

LE PÈRE

Vous aviez raison : je... je ne comprends pas.
Vous allez contre vos propres intérêts!

JOHANNA

Contre ceux de Werner.

LE PÈRE

Ce sont les vôtres.

JOHANNA

Je n'en sais plus rien.

> *Un silence. Le Père, un instant désemparé,
> se reprend.*

LE PÈRE

Êtes-vous passée dans l'autre camp?

JOHANNA

Il n'y a pas de camp.

LE PÈRE

Bon. Alors, écoutez-moi : Frantz est fort à plaindre et je conçois que vous ayez voulu le ménager. Mais vous ne pouvez plus continuer dans cette voie! Si vous cédez à la pitié qu'il vous inspire...

JOHANNA

Nous n'avons pas de pitié.

LE PÈRE

Qui, vous?

JOHANNA

Leni et moi.

LE PÈRE

Leni, c'est une autre affaire. Mais vous, ma bru, quelque nom que vous donniez à vos sentiments, ne mentez plus à mon fils : vous le dégradez. *(Elle sourit. Avec plus de force.)* Il n'a qu'une envie : se fuir. Quand vous l'aurez lesté par vos mensonges, il en profitera pour couler à pic.

JOHANNA

Je n'ai pas le temps de lui faire grand mal : je vous dis que je m'en vais.

LE PÈRE

Quand et où?

JOHANNA

Demain, n'importe où.

LE PÈRE

Avec Werner?

JOHANNA

Je ne sais pas.

LE PÈRE

C'est une fuite?

JOHANNA

Oui.

LE PÈRE

Mais pourquoi?

JOHANNA

Deux langages, deux vies, deux vérités, vous ne trouvez pas que c'est trop pour une seule personne? *(Elle rit.)* Les orphelins de Düsseldorf, tenez, je n'arrive pas à me débarrasser d'eux.

LE PÈRE

Qu'est-ce que c'est? Un mensonge?

JOHANNA

Une vérité d'en haut. Ce sont des enfants abandonnés : ils meurent de faim dans un camp. Il faut qu'ils existent d'une manière ou d'une

autre puisqu'ils me poursuivent jusqu'au rez-
de-chaussée. Hier soir, il s'en est fallu de peu que
je ne demande à Werner si nous pourrions les sauver. *(Elle rit.)* Cela ne serait rien. Mais là-haut...

LE PÈRE

Eh bien?

JOHANNA

Je suis ma pire ennemie. Ma voix ment, mon
corps la dément. Je parle de la famine et je dis
que nous en crèverons. A présent, regardez-moi :
ai-je l'air dénourrie? Si Frantz me voyait...

LE PÈRE

Il ne nous voit donc pas?

JOHANNA

Il n'en est pas encore à me regarder. *(Comme
à elle-même.)* Un traître. Inspiré. Convaincant. Il
parle, on l'écoute. Et puis, tout à coup, il s'aperçoit dans la glace; un écriteau lui barre la poitrine,
avec ce seul mot, qu'on lira s'il se tait : trahison.
Voilà le cauchemar qui m'attend chaque jour
dans la chambre de votre fils.

LE PÈRE

C'est le cauchemar de tout le monde. Tous les
jours et toutes les nuits.

Un silence.

JOHANNA

Puis-je vous poser une question? *(Sur un signe du Père.)* Qu'ai-je à faire dans cette histoire? Pourquoi m'y avez-vous embarquée?

LE PÈRE, *très sec.*

Vous perdez l'esprit, ma bru : c'est vous qui avez décidé de vous en mêler.

JOHANNA

Comment saviez-vous que je m'y déciderais?

LE PÈRE

Je ne le savais pas.

JOHANNA

Ne mentez pas, vous qui me reprochez mes mensonges. En tout cas, ne mentez pas trop vite; six jours, c'est long, vous m'avez laissé le temps de réfléchir. *(Un temps.)* Le conseil de famille s'est tenu pour moi seule.

LE PÈRE

Non, mon enfant : pour Werner.

JOHANNA

Werner? Bah! Vous l'attaquiez pour que je le défende. C'est moi qui ai eu l'idée de parler à Frantz, j'en conviens. Ou plutôt, c'est moi qui l'ai trouvée : vous l'aviez cachée dans la pièce et vous me guidiez avec tant d'adresse qu'elle a fini par me sauter aux yeux. Est-ce vrai?

LE PÈRE

Je souhaitais en effet que vous rencontriez mon fils; pour des raisons que vous connaissez fort bien.

JOHANNA, *avec force.*

Pour des raisons que je ne connais pas. *(Un temps.)* Quand vous nous avez mis en présence, moi qui sais, lui qui ne veut pas savoir, m'avez-vous prévenue qu'il suffisait d'un mot pour le tuer?

LE PÈRE, *dignement.*

Johanna, j'ignore tout de mon fils.

JOHANNA

Tout, sauf qu'il cherche à se fuir et que nous l'y aidons par nos mensonges. Allons! Vous jouez à coup sûr : je vous dis qu'un mot suffit pour le tuer et vous ne bronchez même pas.

LE PÈRE, *souriant.*

Quel mot, mon enfant?

JOHANNA, *lui riant au nez.*

Opulence.

LE PÈRE

Plaît-il?

JOHANNA

Celui-là ou n'importe quel autre, pourvu qu'il
fasse entendre que nous sommes la nation la plus
riche de l'Europe. *(Un temps.)* Vous ne semblez
pas très étonné.

LE PÈRE

Je ne le suis pas. Il y a douze ans, j'ai compris
les craintes de mon fils à certains propos qui lui
ont échappé. Il a cru qu'on voulait anéantir
l'Allemagne et s'est retiré pour ne pas assister à
notre extermination. En ce temps-là, si l'on avait
pu lui dévoiler l'avenir, il guérissait à l'instant.
Aujourd'hui, le sauvetage sera plus difficile : il a
pris des habitudes, Leni le gâte, la vie monacale
présente certaines commodités. Mais ne craignez
rien : le seul remède à son mal, c'est la vérité. Il
rechignera d'abord parce que vous lui ôterez ses
raisons de bouder et puis, dans une semaine, il
sera le premier à vous remercier.

JOHANNA, *violente.*

Quelles fadaises! *(Brutalement.)* Je l'ai vu hier,
cela ne vous suffit pas?

LE PÈRE

Non.

JOHANNA

Là-haut, l'Allemagne est plus morte que la
lune. Si je la ressuscite, il se tire une balle dans la
bouche.

LE PÈRE, *riant.*

Pensez-vous!

JOHANNA

Je vous dis que c'est l'évidence.

LE PÈRE

Il n'aime plus son pays?

JOHANNA

Il l'adore.

LE PÈRE

Eh bien, alors! Johanna, cela n'a pas le sens commun.

JOHANNA

Oh! pour cela, non! *(Riant avec un peu d'égarement.)* Le sens commun! Voilà ce qu'il y a *(désignant le Père)* dans cette tête. Dans la mienne, il y a ses yeux. *(Un temps.)* Arrêtez tout. Votre machine infernale va vous éclater entre les mains.

LE PÈRE

Je ne peux rien arrêter.

JOHANNA

Alors, je partirai sans le revoir et pour toujours. Quant à la vérité, je la dirai, soyez tranquille. Mais pas à Frantz. A Werner.

LE PÈRE, *vivement.*

Non! *(Il se reprend.)* Vous ne lui feriez que du mal.

JOHANNA

Est-ce que je lui fais du bien, depuis dimanche? *(On entend le klaxon lointain d'une auto.)* Le voilà : il saura tout dans un quart d'heure.

LE PÈRE, *impérieusement.*

Attendez! *(Elle s'arrête, interdite. Il va à la porte, ôte le mouchoir et tourne la clef, puis se retourne vers Johanna.)* Je vous fais une proposition. *(Elle reste silencieuse et crispée. Un temps.)* Ne racontez rien à votre mari. Allez voir Frantz une dernière fois et dites-lui que je sollicite une entrevue. S'il accepte, je délie Werner de son serment et vous partirez *tous les deux* quand il vous plaira. *(Un silence.)* Johanna! je vous offre la liberté.

JOHANNA

Je sais.

L'auto est entrée dans le parc.

LE PÈRE

Eh bien?

JOHANNA

Je n'en veux pas à ce prix.

LE PÈRE

Quel prix?

JOHANNA

La mort de Frantz.

LE PÈRE

Mon enfant! Que vous est-il arrivé? Je crois entendre Leni.

JOHANNA

Vous l'entendez. Nous sommes sœurs jumelles. Ne vous en étonnez pas : c'est vous qui nous avez faites pareilles. Et quand toutes les femmes de la terre défileraient dans la chambre de votre fils, ce seraient autant de Leni qui se tourneraient contre vous.

Freins. L'auto s'arrête devant le perron.

LE PÈRE

Je vous en prie, ne décidez rien encore! Je vous promets...

JOHANNA

Inutile. Pour les tueurs à gage, adressez-vous à l'autre sexe.

LE PÈRE

Vous direz tout à Werner?

JOHANNA

Oui.

LE PÈRE

Fort bien. Et si je disais tout à Leni?

JOHANNA, *stupéfaite et effrayée.*

A Leni, vous?

LE PÈRE

Pourquoi pas? La maison sauterait.

JOHANNA, *au bord de la crise de nerfs.*

Faites sauter la maison! Faites sauter la planète! Nous serons enfin tranquilles. *(Un rire
d'abord sombre et bas qui s'enfle malgré elle.)*
Tranquilles! Tranquilles!

> *Un bruit de pas dans le corridor. Le Père
> va rapidement à Johanna, la prend brutale-
> ment par les épaules et la secoue en la regar-
> dant fixement.*
>
> *Johanna parvient à se calmer. Le Père
> s'éloigne d'elle à l'instant où la porte s'ouvre.*

SCÈNE III

WERNER, *entrant à pas pressés*
et voyant le Père.

Tiens!

LE PÈRE

Bonjour, Werner.

WERNER

Bonjour, père. Êtes-vous content de votre
voyage?

LE PÈRE

Hé! *(Il se frotte les mains sans s'en apercevoir.)*
Content, oui. Content. Très content, peut-être.

WERNER

Vous souhaitiez me parler?

LE PÈRE

A toi? Mais pas du tout. Je vous laisse, mes
chers enfants. *(A la porte.)* Johanna, ma proposition tient toujours.

Il sort.

SCÈNE IV

JOHANNA, WERNER

WERNER

Quelle proposition?

JOHANNA

Je te le dirai.

WERNER

Je n'aime pas qu'il vienne fouiner ici. *(Il va prendre une bouteille de champagne et deux coupes dans une armoire, pose les deux coupes sur le bureau et commence à déboucher la bouteille.)* Champagne?

JOHANNA

Non.

WERNER

Très bien. Je boirai seul.

Johanna écarte les coupes.

JOHANNA

Pas ce soir, j'ai besoin de toi.

WERNER

Tu m'étonnes. *(Il la regarde. Brusquement.)* En tout cas, cela n'empêche pas de boire. *(Il fait sauter le bouchon. Johanna pousse un léger cri. Werner se met à rire, remplit les deux coupes et la regarde.)* Ma parole, tu as peur!

JOHANNA

Je suis nerveuse.

WERNER, *avec une sorte de satisfaction.*

Je dis que tu as peur. *(Un temps.)* De qui? Du père?

JOHANNA

De lui aussi.

WERNER

Et tu veux que je te protège? *(Ricanant, mais un peu plus détendu.)* Les rôles sont renversés. *(Il boit sa coupe d'un trait.)* Raconte-moi tes ennuis. *(Un silence.)* C'est donc si difficile? Viens! *(Elle ne bouge pas. Il l'attire à lui, crispée.)* Mets ta tête sur mon épaule. *(Il incline presque de force la tête de Johanna. Un temps. Il se regarde dans la glace et sourit.)* Retour à l'ordre. *(Un très léger silence.)* Parle, ma chérie!

JOHANNA, *relevant la tête pour le regarder.*

J'ai vu Frantz.

WERNER, *il la repousse avec colère.*

Frantz! *(Il lui tourne le dos, va au bureau, se verse une autre coupe de champagne, boit une gorgée, posément, et se retourne vers elle, calmé, souriant.)* Tant mieux! Tu connaîtras toute la famille. *(Elle le regarde, déconcertée.)* Comment le trouves-tu, mon frère aîné, une armoire, hein? *(Toujours ahurie, elle fait non de la tête.)* Tiens! *(Amusé.)* Tiens! Tiens! Serait-il malingre? *(Elle a de la peine à parler.)* Eh bien?

JOHANNA

Tu es plus grand que lui.

WERNER, *même jeu.*

Ha! Ha! *(Un temps.)* Et son bel habit d'officier? Il le porte toujours?

JOHANNA

Ce n'est plus un bel habit.

WERNER

Des loques? Mais, dites-moi donc, ce pauvre Frantz est très abîmé. *(Silence crispé de Johanna. Il prend sa coupe.)* A sa guérison. *(Il lève la coupe puis, s'apercevant que Johanna a les mains vides, il va chercher l'autre coupe et la lui tend.)* Trinquons! *(Elle hésite. Impérieux.)* Prends cette coupe.

Elle se durcit et prend la coupe.

JOHANNA, *avec défi.*

Je bois à Frantz!

Elle veut choquer sa coupe contre celle de Werner. Celui-ci retire vivement la sienne.
Ils se regardent un instant, interloqués l'un et l'autre. Puis Werner éclate de rire et jette le contenu de sa coupe sur le plancher.

WERNER, *avec une violence gaie.*

C'est pas vrai! C'est pas vrai! *(Stupeur de Johanna. Il va sur elle.)* Tu ne l'as jamais vu. Pas un instant, je n'ai marché. *(Lui riant au nez.)* Et le verrou, mon petit? Et la barre de fer? Ils ont un signal, sois-en sûre.

JOHANNA, *elle a repris son air glacé.*

Ils en ont un. Je le connais.

WERNER, *riant toujours.*

Comment donc? Tu l'auras demandé à Leni?

JOHANNA

Je l'ai demandé au père.

WERNER, *frappé.*

Ah! *(Un long silence. Il va au bureau, pose sa coupe et réfléchit. Il se retourne sur Johanna; il a gardé son air jovial mais on sent qu'il fait un grand effort pour se maîtriser.)* Eh bien! Cela devait arriver. *(Un temps.)* Le père ne fait rien pour rien : quel est son intérêt dans cette histoire?

JOHANNA

Je voudrais le savoir.

WERNER

Qu'est-ce qu'il t'a proposé, tout à l'heure?

JOHANNA

Il te déliera de ton serment si Frantz lui accorde un rendez-vous.

WERNER, *il est devenu sombre et méfiant. sa méfiance s'accroîtra au cours des répliques suivantes.*

Un rendez-vous... Et Frantz l'accordera?

JOHANNA, *avec assurance.*

Oui.

WERNER

Et puis?

JOHANNA

Rien. Nous serons libres.

WERNER

Libres de quoi faire?

JOHANNA

De nous en aller.

WERNER, *rire sec et dur.*

A Hambourg?

JOHANNA

Où nous voudrons.

WERNER, *même jeu.*

Parfait! *(Rire dur.)* Eh bien, ma femme, c'est le plus beau coup de pied au cul que j'aie reçu de toute ma vie.

JOHANNA, *stupéfaite.*

Werner, le père ne songe pas un seul instant...

WERNER

A son fils cadet? Bien sûr que non. Frantz prendra mon bureau, il s'assiéra dans mon fauteuil et boira mon champagne, il jettera ses coquilles sous mon lit. A part cela, qui songerait à moi? Est-ce que je compte? *(Un temps.)* Le vieux a changé d'avis : voilà tout.

JOHANNA

Mais tu ne comprends donc rien?

WERNER

Je comprends qu'il veut mettre mon frère à la tête de l'entreprise. Et je comprends aussi que tu leur as délibérément servi d'intermédiaire : pourvu que tu m'arraches d'ici, peu t'importe qu'on m'en arrache à coups de pied. *(Johanna le*

*regarde avec froideur. Elle le laisse poursuivre sans
même essayer de s'expliquer.)* On brise ma carrière d'avocat pour me mettre en résidence surveillée dans cette affreuse bâtisse, au milieu de
mes chers souvenirs d'enfance; un beau jour, le
fils prodigue consent à quitter sa chambre, on tue
le veau gras, on me fout dehors et tout le monde
est content, à commencer par ma femme! Une
excellente histoire, non? Tu la raconteras : à
Hambourg. *(Il va au bureau, se verse une coupe
de champagne et boit. Son ivresse — légère mais
manifeste — ne cessera de croître jusqu'à la fin de
l'acte.)* Pour les valises, tu feras tout de même
bien d'attendre un peu. Parce que, vois-tu, je me
demande si je me laisserai faire. *(Avec force.)*
J'ai l'entreprise, je la garde : on verra ce que je
vaux. *(Il va s'asseoir à son bureau. D'une voix
calme et rancuneuse, avec un soupçon d'importance.)* A présent, laisse-moi : il faut que je réflé-
chisse.

Un temps.

JOHANNA, *sans se presser,*
d'une voix froide et tranquille.

Il ne s'agit pas de l'entreprise : personne ne te
la dispute.

WERNER

Personne, sauf mon père et son fils.

JOHANNA

Frantz ne dirigera pas les chantiers.

WERNER

Parce que?

JOHANNA

Il ne le veut pas.

WERNER

Il ne le *veut pas* ou il ne le *peut pas?*

JOHANNA, *à contrecœur.*

Les deux. *(Un temps.)* Et le père le sait.

WERNER

Alors?

JOHANNA

Alors, il veut revoir Frantz avant de mourir.

WERNER, *un peu soulagé, mais défiant.*

C'est louche.

JOHANNA

Très louche. Mais cela ne te concerne pas.
Werner se lève et va jusqu'à elle. Il la regarde dans les yeux, elle soutient son regard.

WERNER

Je te crois. *(Il boit. Johanna détourne la tête, agacée.)* Un incapable! *(Il rit.)* Et par-dessus le marché, un gringalet. Dimanche, le père parlait de mauvaise graisse.

JOHANNA, *vivement.*

Frantz n'a que la peau sur les os.

WERNER

Oui. Avec un petit ventre, comme tous les prisonniers. *(Il se regarde dans la glace et bombe le torse, presque inconsciemment.)* Incapable. Loqueteux. A demi cinglé. *(Il se tourne vers Johanna.)* Tu l'as vu... souvent?

JOHANNA

Tous les jours.

WERNER

Je me demande ce que vous trouvez à vous dire. *(Il marche avec une assurance nouvelle.)* « Pas de famille sans déchet. » Je ne sais plus qui a dit cela. Terrible, mais vrai, hein? Seulement, jusqu'ici, le déchet, je croyais que c'était moi. *(Mettant les mains sur les épaules de Johanna.)* Merci, ma femme : tu m'as délivré. *(Il va pour prendre sa coupe, elle le retient.)* Tu as raison : plus de champagne! *(Il balaie les deux coupes de la main. Elles tombent et se brisent.)* Qu'on lui porte les bouteilles de ma part. *(Il rit.)* Quant à toi, tu ne le reverras plus : je te l'interdis.

JOHANNA, *toujours glacée.*

Très bien. Emmène-moi d'ici.

WERNER

Je te dis que tu m'as délivré. Je me faisais des idées, vois-tu. Désormais, tout ira bien.

JOHANNA

Pas pour moi.

WERNER

Non? *(Il la regarae, son visage change, ses épaules se voûtent légèrement.)* Même si je te jure que je changerai de peau et que je les mettrai tous au pas?

JOHANNA

Même.

WERNER, *brusquement.*

Vous avez fait l'amour! *(Rire sec.)* Dis-le, je ne t'en voudrai pas : il n'avait qu'à siffler, paraît-il, les femmes tombaient sur le dos. *(Il la regarde d'un air mauvais.)* Je t'ai posé une question.

JOHANNA, *très dure.*

Je ne te pardonnerai pas si tu me forces à répondre.

WERNER

Réponds et ne pardonne pas.

JOHANNA

Non.

WERNER

Vous ne faites pas l'amour. Bon! Mais tu meurs
d'envie de le faire.

JOHANNA, *sans éclat*
mais avec une sorte de haine.

Tu es ignoble.

WERNER, *souriant et mauvais.*

Je suis un Gerlach. Réponds.

JOHANNA

Non.

WERNER

Alors, qu'as-tu à craindre?

JOHANNA, *toujours glacée.*

Avant toi, la mort et la folie m'ont attirée.
Là-haut, cela recommence. Je ne le veux pas.
(Un temps.) Ses crabes, j'y crois plus que lui.

WERNER

Parce que tu l'aimes.

JOHANNA

Parce qu'ils sont vrais. Les fous disent la
vérité, Werner.

WERNER

Vraiment. Laquelle?

JOHANNA

Il n'y en a qu'une : l'horreur de vivre. *(Retrou-*
vant sa chaleur.) Je ne veux pas! Je ne veux pas!
Je préfère me mentir. Si tu m'aimes, sauve-moi.
(Désignant d'un geste le plafond.) Ce couvercle
m'écrase. Emmène-moi dans une ville où tout
soit à tout le monde, où tout le monde se mente.
Avec du vent. Du vent qui vienne de loin! Nous
nous retrouverons, Werner, je te le jure!

WERNER, *avec une violence soudaine*
et sauvage.

Nous retrouver? Ah! Et comment t'aurais-je
perdue, Johanna? Je ne t'ai jamais eue. Laisse
donc! Je n'avais que faire de ta sollicitude. Tu
m'as trompé sur la marchandise! Je voulais une
femme, je n'ai possédé que son cadavre. Tant pis
si tu deviens folle : nous resterons ici! *(Il l'imite.)*
« Défends-moi! Sauve-moi! » Comment? En fou-
tant le camp? *(Il se domine. Sourire mauvais et*
froid.) Je me suis emporté tout à l'heure. Excuse-
moi. Tu feras tout pour rester une épouse hon-
nête : c'est le rôle de ta vie. Mais tout le plaisir
sera pour toi. *(Un temps.)* Jusqu'où faudra-t-il
aller pour que tu oublies mon frère? Jusqu'où
fuirons-nous? Des trains, des avions, des bateaux :
que d'histoires et quelle fatigue! Tu regarderas
tout de ces yeux vides : une sinistrée de luxe,
cela ne te changera guère. Et moi? T'es-tu
demandé ce que je penserai pendant ce temps-là?
Que je me suis déclaré battu d'avance et que je
me suis enfui sans lever un doigt. Un lâche, hein,

un lâche : c'est comme cela que tu m'aimes, tu pourras me consoler. Maternellement. *(Avec force.)* Nous resterons ici! Jusqu'à ce qu'un de nous trois crève : toi, mon frère ou moi.

JOHANNA

Comme tu me détestes!

WERNER

Je t'aimerai quand je t'aurai conquise. Et je vais me battre, sois tranquille. *(Il rit.)* Je gagnerai : vous n'aimez que la force, vous autres femmes. Et la force, c'est moi qui l'ai.

Il la prend par la taille et l'embrasse brutalement. Elle le frappe de ses poings fermés, se dégage et se met à rire.

JOHANNA, *riant aux éclats.*

Oh! Werner, est-ce que tu crois qu'il mord?

WERNER

Qui? Frantz?

JOHANNA

Le soudard à qui tu veux ressembler. *(Un temps.)* Si nous restons, j'irai chez ton frère tous les jours.

WERNER

J'y compte bien. Et tu passeras toutes les nuits dans mon lit. *(Il rit.)* Les comparaisons se feront d'elles-mêmes.

JOHANNA, *lentement et tristement.*

Pauvre Werner!

> *Elle va vers la porte.*

WERNER, *brusquement désemparé.*

Où vas-tu?

JOHANNA, *avec un rire mauvais.*

Je vais comparer.

> *Elle ouvre la porte et sort sans qu'il fasse un geste pour la retenir.*

FIN DE L'ACTE III

ACTE IV

La chambre de Frantz. Même décor qu'au II.
Mais toutes les pancartes ont disparu. Plus de
coquilles d'huîtres sur le plancher. Sur la table une
lampe de bureau. Seul, le portrait de Hitler demeure.

SCÈNE PREMIÈRE

FRANTZ, *seul.*

Habitants masqués des plafonds, attention!
Habitants masqués des plafonds, attention! *(Un
silence. Tourné vers le plafond.)* Hé? *(Entre ses
dents.)* Je ne les sens pas. *(Avec force.)* Camarades!
Camarades! L'Allemagne vous parle, l'Allemagne
martyre! *(Un temps. Découragé.)* Ce public est
gelé. *(Il se lève et marche.)* Impression curieuse
mais invérifiable : ce soir l'Histoire va s'arrêter.
Pile! L'explosion de la planète est au programme,
les savants ont le doigt sur le bouton, adieu! *(Un
temps.)* On aimerait pourtant savoir ce qui serait
advenu de l'espèce humaine au cas où elle aurait
survécu. *(Agacé, presque violent.)* Je fais la putain
pour leur plaire et ils n'écoutent même pas. *(Avec
chaleur.)* Chers auditeurs, je vous en supplie, si
je n'ai plus votre oreille, si les faux témoins vous
ont circonvenus... *(Brusquement.)* Attendez! *(Il
fouille dans sa poche.)* Je tiens le coupable. *(Il
sort un bracelet-montre en le tenant par l'extrémité
du bracelet de cuir, avec dégoût.)* On m'a fait cadeau
de cette bête et j'ai commis la faute de l'accep-

ter. *(Il la regarde.)* Quinze minutes! On a quinze minutes de retard! Inadmissible. Je la fracasserai, moi, cette montre. *(Il la met à son poignet.)* Quinze minutes! Seize à présent. *(Avec éclat.)* Comment garderai-je ma patience séculaire si l'on m'agace par des piqûres d'épingle? Tout finira très mal. *(Un temps.)* Je n'ouvrirai pas : c'est simple; je la laisserai deux heures entières sur le palier.

> *On frappe trois coups. Il se hâte d'aller ouvrir.*

SCÈNE II

FRANTZ, JOHANNA

FRANTZ, *reculant pour laisser entrer Johanna.*

Dix-sept!

> *Il montre du doigt le bracelet-montre.*

JOHANNA

Plaît-il?

FRANTZ, *voix de l'horloge parlante.*

Quatre heures dix-sept minutes trente secondes.
M'avez-vous apporté la photo de mon frère? *(Un
temps.)* Eh bien?

JOHANNA, *de mauvaise grâce.*

Oui.

FRANTZ

Montrez-la-moi.

JOHANNA, *même jeu.*

Qu'allez-vous en faire?

FRANTZ, *rire insolent.*

Qu'est-ce qu'on fait d'une photo?

JOHANNA, *après une hésitation.*

La voilà.

FRANTZ, *la regardant.*

Eh bien, je ne l'aurais pas reconnu. Mais c'est un athlète! Félicitations! *(Il met la photo dans sa poche.)* Et comment vont nos orphelins?

JOHANNA, *déconcertée.*

Quels orphelins?

FRANTZ

Voyons! Ceux de Düsseldorf.

JOHANNA

Eh bien... *(Brusquement.)* Ils sont morts.

FRANTZ, *au plafond.*

Crabes, ils étaient sept cents. Sept cents pauvres gosses sans feu ni lieu... *(Il s'arrête.)* Ma chère amie, je me fous de ces orphelins. Qu'on les enterre au plus vite! Bon débarras. *(Un temps.)* Et voilà! Voilà ce que je suis devenu par votre faute : un mauvais Allemand.

JOHANNA

Par ma faute?

FRANTZ

J'aurais dû savoir qu'elle déréglerait tout. Pour chasser le temps de cette chambre, il m'a fallu cinq années; pour l'y ramener, vous n'avez eu besoin que d'un instant. *(Il montre le bracelet.)* Cette bête câline qui ronronne autour de mon poignet et que je fourre dans ma poche quand j'entends frapper Leni, c'est le Temps Universel, le Temps de l'horloge parlante, des indicateurs et des observatoires. Mais qu'est-ce que vous voulez que j'en fasse? Est-ce que je suis universel, moi? *(Regardant la montre.)* Je trouve ce cadeau suspect.

JOHANNA

Eh bien, rendez-le-moi!

FRANTZ

Pas du tout! Je le garde. Je me demande seulement pourquoi vous me l'avez fait.

JOHANNA

Puisque je vis encore, autant que vous viviez.

FRANTZ

Qu'est-ce que c'est vivre? Vous attendre? Je n'attendais plus rien avant mille ans. Cette lampe ne s'éteint pas; Leni vient quand elle veut; je dormais au petit bonheur, quand le sommeil voulait bien me prendre : en un mot, je ne savais jamais l'heure. *(Avec humeur.)* A présent, c'est la bousculade des jours et des nuits. *(Coup d'œil à*

la montre.) **Quatre heures vingt-cinq; l'ombre
s'allonge, la journée se fane : je déteste les après-
midi. Quand vous partirez, il fera nuit : ici, en
pleine clarté! Et j'aurai peur. (Brusquement.) Ces
pauvres petits quand va-t-on les mettre en terre?**

JOHANNA

Lundi, je crois.

FRANTZ

Il faudrait une chapelle ardente à ciel ouvert,
dans les ruines de l'église. Sept cents petits cer-
cueils veillés par une foule en haillons! *(Il la
regarde.)* Vous ne vous êtes pas fardée?

JOHANNA

Comme vous voyez.

FRANTZ

Un oubli?

JOHANNA

Non. Je ne comptais pas venir.

FRANTZ, *violent.*

Quoi?

JOHANNA

C'est le jour de Werner. *(Un temps.)* Eh bien,
oui : le samedi.

FRANTZ

Qu'a-t-il besoin d'un jour, il a toutes les nuits.
Le samedi?... Ah! oui : la semaine anglaise. *(Un
temps.)* Et le dimanche aussi, naturellement!

JOHANNA

Naturellement!

FRANTZ

Si je vous comprends, nous serions un samedi.
Ah! Madame, la montre ne le dit pas : il faut
m'offrir un agenda. *(Il ricane un peu puis, brusquement.)* Deux jours sans vous? Impossible.

JOHANNA

Pensez-vous que je priverais mon mari des seuls
moments que nous puissions vivre ensemble?

FRANTZ

Pourquoi pas? *(Elle rit sans lui répondre.)* Il a
des droits sur vous? Je regrette, mais j'en ai, moi
aussi.

JOHANNA, *avec une sorte de violence.*

Vous? Aucun. Pas le moindre!

FRANTZ

Est-ce moi qui suis allé vous chercher? *(Criant.)*
Quand comprendrez-vous que ces attentes mes-
quines me détournent de mon office. Les crabes
sont perplexes, ils se méfient : les faux témoins
triomphent. *(Comme une insulte.)* Dalila!

JOHANNA, *éclatant d'un rire mauvais.*

Pfou! *(Elle va vers lui et le regarde avec inso-*
lence.) Et voilà Samson? *(Riant de plus belle.)*
Samson! Samson! *(Cessant de rire.)* Je le voyais
autrement.

FRANTZ, *formidable.*

C'est moi. Je porte les siècles; si je me redresse,
ils s'écrouleront. *(Un temps. Voix naturelle, ironie*
amère.) D'ailleurs c'était un pauvre homme, j'en
suis convaincu. *(Il marche à travers la chambre.)*
Quelle dépendance! *(Un silence. Il s'assied.)*
Madame, vous me gênez.

Un temps.

JOHANNA

Je ne vous gênerai plus.

FRANTZ

Qu'avez-vous fait?

JOHANNA

J'ai tout dit à Werner.

FRANTZ

Tiens! Pourquoi donc?

JOHANNA, *amère.*

Je me le demande.

FRANTZ

Il a bien pris la chose?

JOHANNA

Il l'a prise fort mal.

FRANTZ, *inquiet, nerveux.*

Il nous quitte? Il vous emmène?

JOHANNA

Il reste ici.

FRANTZ, *rasséréné.*

Tout va bien. *(Il se frotte les mains.)* Tout va très bien.

JOHANNA, *ironie amère.*

Et vous ne me quittez pas des yeux! Mais qu'est-ce que vous voyez? *(Elle s'approche de lui, lui prend la tête dans les mains et l'oblige à la regarder.)* Regardez-moi. Oui. Comme cela. A présent, osez dire que tout va très bien.

FRANTZ, *il la regarde et se dégage.*

Je vois, oui, je vois! Vous regrettez Hambourg. La vie facile. L'admiration des hommes et leurs désirs. *(Haussant les épaules.)* Cela vous regarde.

JOHANNA, *triste et dure.*

Samson n'était qu'un pauvre homme.

FRANTZ

Oui. Oui. Oui. Un pauvre homme.

Il se met à marcher de côté.

JOHANNA

Qu'est-ce que vous faites?

FRANTZ, *d'une voix rocailleuse et profonde.*

Je fais le crabe. *(Stupéfait de ce qu'il vient de dire.)* Hein, quoi? *(Revenant vers Johanna, voix naturelle.)* Pourquoi suis-je un pauvre homme?

JOHANNA

Parce que vous ne comprenez rien. *(Un temps.)* Nous allons souffrir l'Enfer.

FRANTZ

Qui?

JOHANNA

Werner, vous et moi. *(Un bref silence.)* Il reste ici par jalousie.

FRANTZ, *stupéfait.*

Quoi?

JOHANNA

Par jalousie. Est-ce clair? *(Un temps. Hausse-ment d'épaules.)* Vous ne savez même pas ce que c'est. *(Rire de Frantz.)* Il m'enverra chez vous tous les jours, même le dimanche. Il se martyrisera

aux chantiers, dans son grand bureau de ministre.
Et le soir, je paierai.

FRANTZ, *sincèrement surpris.*

Je vous demande pardon, chère amie. Mais de
qui est-il jaloux? *(Elle hausse les épaules. Il sort
la photo et la regarde.)* De moi? *(Un temps.)* Lui
avez-vous dit... ce que j'étais devenu?

JOHANNA

Je le lui ai dit.

FRANTZ

Eh bien, alors?

JOHANNA

Eh bien, il est jaloux.

FRANTZ

C'est de la perversité! Je suis un malade, un
fou peut-être; je me cache. La guerre m'a cassé,
Madame.

JOHANNA

Elle n'a pas cassé votre orgueil.

FRANTZ

Et cela suffit pour qu'il me jalouse?

JOHANNA

Oui.

FRANTZ

Dites-lui que mon orgueil est en miettes. Dites
que je fanfaronne pour me défendre. Tenez; je
vais m'abaisser à l'extrême : dites à Werner que
je suis jaloux.

JOHANNA

De lui?

FRANTZ

De sa liberté, de ses muscles, de son sourire,
de sa femme, de sa bonne conscience. *(Un temps.)*
Hein? Quel baume pour son amour-propre!

JOHANNA

Il ne me croira pas.

FRANTZ

Tant pis pour lui. *(Un temps.)* Et vous?

JOHANNA

Moi?

FRANTZ

Est-ce que vous me croyez?

JOHANNA, *incertaine, agacée.*

Mais non.

FRANTZ

Madame, des indiscrétions ont été commises :

je suis au courant, minute par minute, de votre vie privée.

JOHANNA, *haussant les épaules.*

Leni vous ment.

FRANTZ

Leni ne parle jamais de vous. *(Désignant sa montre.)* C'est la babillarde : elle raconte tout. Dès que vous m'avez quitté, elle cause : huit heures et demie, dîner de famille; dix heures, chacun se retire, tête à tête avec votre mari. Onze heures, toilette nocturne, Werner se couche, vous prenez un bain. Minuit, vous entrez dans son lit.

JOHANNA, *rire insolent.*

Dans son lit. *(Un temps.)* Non.

FRANTZ

Des lits jumeaux?

JOHANNA

Oui.

FRANTZ

Sur lequel faites-vous l'amour?

JOHANNA, *exaspérée, avec insolence.*

Tantôt sur l'un, tantôt sur l'autre.

FRANTZ, *grognant.*

Hon. *(Il regarde la photo.)* Quatre-vingts kilos!

Il doit vous écraser, l'athlète! Vous aimez cela?

JOHANNA

Si je l'ai choisi, c'est que je préfère les athlètes aux gringalets.

FRANTZ, *il regarde la photo en grognant puis la remet dans sa poche.*

Soixante heures que je n'ai pas fermé l'œil.

JOHANNA

Pourquoi?

FRANTZ

Vous ne coucherez pas avec lui pendant mon sommeil.

JOHANNA, *rire sec.*

Eh bien, ne dormez plus jamais!

FRANTZ

C'est mon intention. Cette nuit, quand il vous prendra, vous saurez que je veille.

JOHANNA, *violente.*

Je regrette mais je vous priverai de ces sales plaisirs solitaires. Dormez cette nuit : Werner ne me touchera pas.

FRANTZ, *déconcerté.*

Ah!

JOHANNA

Cela vous déçoit?

FRANTZ

Non.

JOHANNA

Il ne me touchera plus tant que nous resterons ici par sa faute. *(Un temps.)* Savez-vous ce qu'il s'imagine? Que vous m'avez séduite! *(Insultante.)* Vous! *(Un temps.)* Vous vous ressemblez!

FRANTZ, *montrant la photo.*

Mais non.

JOHANNA

Mais si. Deux Gerlach, deux abstraits, deux frères visionnaires! Qu'est-ce que je suis, moi? Rien : un instrument de supplice. Chacun cherche sur moi les caresses de l'autre. *(Elle s'approche de Frantz.)* Regardez ce corps. *(Elle lui prend la main et l'oblige à la poser sur son épaule.)* Autrefois, quand je vivais chez les hommes, ils n'avaient pas besoin de messes noires pour le désirer. *(Elle s'éloigne et le repousse. Un temps. Brusquement.)* Le père veut vous parler.

FRANTZ, *ton neutre.*

Ah!

JOHANNA

Si vous le recevez, il déliera Werner de son serment.

FRANTZ, *calme et neutre.*

Et puis? Vous vous en irez?

JOHANNA

Cela ne dépendra plus que de Werner.

FRANTZ, *même jeu.*

Vous souhaitez cette entrevue?

JOHANNA

Oui.

FRANTZ, *même jeu.*

Il faut que je renonce à vous voir?

JOHANNA

Naturellement.

FRANTZ, *même jeu.*

Que deviendrai-je?

JOHANNA

Vous rentrerez dans votre Éternité.

FRANTZ

Bien. *(Un temps.)* Allez dire à mon père...

JOHANNA, *brusquement.*

Non!

FRANTZ

Hé?

JOHANNA, *avec une violence chaleureuse.*

Non! Je ne lui dirai rien.

FRANTZ, *impassible, sentant qu'il a gagné.*

Il faut que je lui donne ma réponse.

JOHANNA, *même jeu.*

Inutile : je ne la transmettrai pas.

FRANTZ

Pourquoi m'avoir transmis sa demande?

JOHANNA

C'est malgré moi.

FRANTZ

Malgré vous?

JOHANNA, *petit rire,*
regard encore chargé de haine.

Figurez-vous que j'avais envie de vous tuer.

FRANTZ, *très aimable.*

Oh! Depuis longtemps?

JOHANNA

Depuis cinq minutes.

FRANTZ

Et c'est déjà fini?

JOHANNA, *souriante et calme.*

Il me reste le désir de vous labourer les joues.
*(Elle lui griffe le visage à deux mains. Il se laisse
faire.)* Comme ceci.

Elle laisse retomber ses mains et s'éloigne.

FRANTZ, *toujours aimable.*

Cinq minutes! Vous avez de la chance : moi,
l'envie de vous tuer me dure toute la nuit.

*Un silence. Elle s'assied sur le lit et regarde
dans le vide.*

JOHANNA, *à elle-même.*

Je ne partirai plus.

FRANTZ, *qui la guette.*

Plus jamais?

JOHANNA, *sans le regarder.*

Plus jamais.

*Elle a un petit rire égaré, elle ouvre les
deux mains comme si elle laissait échapper un
objet et regarde à ses pieds. Frantz l'observe
et change de maintien : il redevient maniaque
et gourmé comme au IIe Acte.*

FRANTZ

Restez avec moi, alors. Tout à fait.

JOHANNA

Dans cette chambre?

FRANTZ

Oui.

JOHANNA

Sans jamais en sortir? *(Signe de Frantz.)* La séquestration?

FRANTZ

Cela même. *(Il parle en marchant. Johanna le suit des yeux. A mesure qu'il parle, elle se reprend et se durcit : elle comprend que Frantz ne cherche qu'à protéger son délire.)* J'ai vécu douze ans sur un toit de glace au-dessus des sommets; j'avais précipité dans la nuit la fourmillante verroterie.

JOHANNA, *déjà méfiante.*

Quelle verroterie?

FRANTZ

Le monde, chère Madame. Le monde où vous vivez. *(Un temps.)* Cette pacotille d'iniquité ressuscite. Par vous : Quand vous me quittez, elle m'entoure parce que vous êtes dedans. Vous m'écrasez aux pieds de la Suisse saxonne, je divague dans un pavillon de chasse à cinq mètres au-dessus de la mer. L'eau renaît dans la baignoire autour de votre chair. A présent l'Elbe coule et l'herbe croît. Une femme est un traître, Madame.

JOHANNA, *sombre et durcie.*

Si je trahis quelqu'un ce n'est pas vous.

FRANTZ

C'est moi! C'est moi *aussi*, agent double! Vingt heures sur vingt-quatre vous voyez, vous sentez, vous pensez sous mes semelles avec tous les autres : vous me soumettez aux lois du vulgaire. *(Un temps.)* Si je vous tiens sous clé, calme absolu : le monde retournera aux abîmes, vous ne serez que ce que vous êtes *(la désignant)* : ça! Les Crabes me rendront leur confiance et je leur parlerai.

JOHANNA, *ironique.*

Me parlerez-vous quelquefois?

FRANTZ, *montrant le plafond.*

Nous leur parlerons ensemble. *(Johanna éclate de rire. Il la regarde, déconcerté.)* Vous refusez?

JOHANNA

Qu'y a-t-il à refuser? Vous me racontez un cauchemar : j'écoute. Voilà tout.

FRANTZ

Vous ne quitterez pas Werner?

JOHANNA

Je vous ai dit que non.

FRANTZ

Alors, quittez-moi. Voici la photo de votre mari.
(Il la lui donne, elle la prend.) Quant à la montre,
elle entrera dans l'Éternité au quatrième top
exactement. *(Il défait le bracelet et regarde le
cadran.)* Hop! *(Il la jette sur le sol.)* Désormais,
il sera quatre heures trente à toute heure. En
souvenir de vous, Madame. Adieu. *(Il va à la
porte, ôte le verrou, lève la barre. Long silence. Il
s'incline et lui montre la porte. Elle va jusqu'à
l'entrée sans se presser, tire le verrou et baisse la
barre. Puis elle revient vers lui, calme et sans sourire, avec une réelle autorité.)* Bon! *(Un temps.)*
Qu'allez-vous faire?

JOHANNA

Ce que je fais depuis lundi : la navette.

Geste.

FRANTZ

Et si je n'ouvrais pas?

JOHANNA, *tranquille.*

Vous ouvrirez.

*Frantz se baisse, ramasse la montre et la
porte à son oreille. Son visage et sa voix
changent : il parle avec une sorte de chaleur.
A partir de cette réplique, une vraie complicité
s'établit entre eux pour un moment.*

FRANTZ

Nous avons de la chance : elle marche. *(Il*

regarde le cadran.) Quatre heures trente et une;
l'Éternité plus une minute. Tournez, tournez, les
aiguilles : il faut vivre. *(A Johanna.)* Comment?

JOHANNA

Je ne sais pas.

FRANTZ

Nous serons trois fous furieux.

JOHANNA

Quatre.

FRANTZ

Quatre?

JOHANNA

Si vous refusez de le recevoir, le père avertira
Leni.

FRANTZ

Il en est bien capable.

JOHANNA

Qu'arriverait-il?

FRANTZ

Leni n'aime pas les complications.

JOHANNA

Alors?

FRANTZ

Elle simplifiera.

JOHANNA, *prenant dans sa main le revolver*
qui se trouve sur la table de Frantz.

Avec ça?

FRANTZ

Avec ça ou autrement.

JOHANNA

En pareil cas, les femmes tirent sur la femme.

FRANTZ

Leni n'est femme qu'à demi.

JOHANNA

Cela vous ennuierait de mourir?

FRANTZ

Franchement, oui. *(Geste au plafond.)* Je n'ai
pas trouvé les mots qu'ils peuvent comprendre.
Et vous?

JOHANNA

Je n'aimerais pas que Werner reste seul.

FRANTZ, *petit rire, en conclusion.*

Nous ne pouvons ni mourir ni vivre.

JOHANNA, *même jeu.*

Ni nous voir ni nous quitter.

FRANTZ

Nous sommes drôlement coincés.

Il s'assied.

JOHANNA

Drôlement.

Elle s'assied sur le lit. Silence. Frantz tourne le dos à Johanna et frotte deux coquilles l'une contre l'autre.

FRANTZ, *tournant le dos à Johanna.*

Il faut qu'il y ait une issue.

JOHANNA

Il n'y en a pas.

FRANTZ, *avec force.*

Il faut qu'il y en ait une! *(Il frotte ses coquilles avec une violence maniaque et désespérée.)* Hein, quoi?

JOHANNA

Laissez donc vos coquilles. C'est insupportable.

FRANTZ

Taisez-vous! *(Il jette les coquilles contre le portrait de Hitler.)* Voyez l'effort que je fais. *(Il se retourne à demi vers elle et lui montre ses mains tremblantes.)* Savez-vous ce qui me fait peur?

JOHANNA

L'issue? *(Signe affirmatif de Frantz, toujours crispé.)* Qu'est-ce que c'est?

FRANTZ

Doucement. *(Il se lève et marche avec agitation.)* Ne me pressez pas. Toutes les voies sont barrées, même celle du moindre mal. Reste un chemin qu'on ne barre jamais, vu qu'il est impraticable : celui du pire. Nous le prendrons.

JOHANNA, *dans un cri.*

Non!

FRANTZ

Vous voyez bien que vous connaissez la sortie.

JOHANNA, *avec passion.*

Nous avons été heureux.

FRANTZ

Heureux en Enfer?

JOHANNA, *elle enchaîne passionnément.*

Heureux en Enfer oui. Malgré vous, malgré moi. Je vous en prie, je vous en supplie, restons ce que nous sommes. Attendons sans un mot, sans un geste. *(Elle le prend par le bras.)* Ne changeons pas.

FRANTZ

Les autres changent, Johanna, les autres vont

nous changer. *(Un temps.)* Croyez-vous que Leni
nous laissera vivre?

JOHANNA, *avec violence.*

Leni, je me charge d'elle. S'il faut tirer, je
tirerai la première.

FRANTZ

Écartons Leni. Nous voilà seuls et face à face :
qu'arrivera-t-il?

JOHANNA, *avec la même passion.*

Rien n'arrivera! Rien ne changera! Nous
serons...

FRANTZ

Il arrivera que vous me détruirez.

JOHANNA, *même jeu.*

Jamais!

FRANTZ

Vous me détruirez lentement, sûrement, par
votre seule présence. Déjà ma folie se délabre;
Johanna, c'était mon refuge; que deviendrai-je
quand je verrai le jour?

JOHANNA, *même jeu.*

Vous serez guéri.

FRANTZ, *bref éclat.*

Ha! *(Un temps. Rire dur.)* Je serai gâteux.

JOHANNA

Je ne vous ferai jamais de mal; je ne songe pas à vous guérir : votre folie, c'est ma cage. J'y tourne en rond.

FRANTZ, *avec une tendresse amère et triste.*

Vous tournez, petit écureuil? Les écureuils ont de bonnes dents : vous rongerez les barreaux.

JOHANNA

C'est faux! Je n'en ai pas même le désir. Je me plie à tous vos caprices.

FRANTZ

Pour cela, oui. Mais cela se voit trop. Vos mensonges sont des aveux.

JOHANNA, *crispée.*

Je ne vous mens jamais!

FRANTZ

Vous ne faites que cela. Généreusement. Vertueusement. Comme un brave petit soldat. Seulement vous mentez mal. Pour bien mentir, voyez-vous, il faut être soi-même un mensonge : c'est mon cas. Vous, vous êtes vraie. Quand je vous regarde, je connais que la vérité existe et qu'elle n'est pas de mon bord. *(Riant.)* S'il y a des orphelins à Düsseldorf, je parie qu'ils sont gras comme des cailles!

JOHANNA, *d'une voix mécanique et butée.*

Ils sont morts! L'Allemagne est morte!

FRANTZ, *brutalement.*

Taisez-vous! *(Un temps.)* Eh bien? Vous le connaissez, à présent, le chemin du pire? Vous m'ouvrez les yeux parce que vous essayez de me les fermer. Et moi qui, chaque fois, vous déjoue, je me fais votre complice parce que... parce que je tiens à vous.

JOHANNA, *qui s'est un peu reprise.*

Donc chacun fait le contraire de ce qu'il veut?

FRANTZ

Exactement.

JOHANNA, *d'une voix rogue et heurtée.*

Eh bien? Quelle est l'issue?

FRANTZ

Que chacun veuille ce qu'il est contraint de faire.

JOHANNA

Il faut que je veuille vous détruire?

FRANTZ

Il faut que nous nous aidions à vouloir la Vérité.

JOHANNA, *même jeu.*

Vous ne la voudrez jamais. Vous êtes truqué jusqu'aux os.

FRANTZ, *sec et distant.*

Eh! ma chère, il fallait bien me défendre. *(Un temps. Plus chaleureux.)* Je renoncerai sur l'heure à l'illusionnisme, quand...

Il hésite.

JOHANNA

Quand?

FRANTZ

Quand je vous aimerai plus que mes mensonges, quand vous m'aimerez malgré ma vérité.

JOHANNA, *ironiquement.*

Vous avez une vérité? Laquelle? Celle que vous dites aux crabes?

FRANTZ, *bondissant sur elle.*

Quels crabes? Êtes-vous folle? Quels crabes? *(Un temps. Il se détourne.)* Ah! oui. Eh bien, oui... *(D'un trait, brusquement.)* Les crabes sont des hommes. *(Un temps.)* Hein, quoi? *(Il s'assied.)* Où ai-je été chercher cela? *(Un temps.)* Je le savais... autrefois... Oui, oui, oui. Mais j'ai tant de soucis. *(Un temps. D'un ton décidé.)* De vrais hommes, bons et beaux, à tous les balcons des siècles. Moi, je rampais dans la cour; je croyais

les entendre : « Frère, qu'est-ce que c'est que ça? »
Ça, c'était moi... *(Il se lève. Salut militaire, garde
à vous. D'une voix forte.)* Moi, le Crabe. *(Il se
tourne vers Johanna et lui parle familièrement.)*
Eh bien, j'ai dit non : des hommes ne jugeront
pas mon temps. Que seront-ils, après tout? Les
fils de nos fils. Est-ce qu'on permet aux marmots
de condamner leurs grands-pères? J'ai retourné
la situation; j'ai crié : « Voici l'homme; après moi,
le déluge; après le déluge, les crabes, *vous!* »
Démasqués, tous! les balcons grouillaient d'arthropodes. *(Solennel.)* Vous n'êtes pas sans savoir
que l'espèce humaine est partie du mauvais pied!
j'ai mis le comble à sa poisse fabuleuse en livrant
sa dépouille mortelle au Tribunal des Crustacés.
(Un temps. Il marche de côté, lentement.) Bon.
Alors, ce seront des hommes. *(Il rit doucement,
d'un air égaré et marche à reculons vers le portrait
de Hitler.)* Des hommes, voyez-vous cela! *(Brusquement hérissé.)* Johanna, je récuse leur compé-
tence, je leur ôte cette affaire et je vous la donne.
Jugez-moi.

JOHANNA, *avec plus de résignation
que de surprise.*

Vous *juger?*

FRANTZ, *criant.*

Vous êtes sourde? *(La violence fait place à
l'étonnement anxieux.)* Hein, quoi? *(Il se reprend.
Rire sec, presque fat, mais sinistre.)* Vous me
jugerez, ma foi, vous me jugerez.

JOHANNA

Hier encore, vous étiez le témoin. Le témoin de l'Homme.

FRANTZ

Hier, c'était hier. *(Il se passe la main sur le front.)* Le témoin de l'Homme... *(Riant.)* Et qui voulez-vous que ce soit? Voyons, Madame, c'est l'Homme, un enfant le devinerait. L'accusé témoigne pour lui-même. Je reconnais qu'il y a cercle vicieux. *(Avec une fierté sombre.)* Je suis l'Homme, Johanna; je suis tout homme et tout l'Homme, je suis le Siècle *(brusque humilité bouffonne)*, comme n'importe qui.

JOHANNA

En ce cas je ferai le procès d'un autre.

FRANTZ

De qui?

JOHANNA

De n'importe qui.

FRANTZ

L'accusé promet d'être exemplaire : je devais témoigner à décharge mais je me chargerai si vous voulez. *(Un temps.)* Bien entendu, vous êtes libre. Mais si vous m'abandonnez sans m'entendre et par peur de me connaître, vous aurez porté sentence, bon gré, mal gré. Décidez. *(Un temps. Il désigne le plafond.)* Je leur dis ce qui me passe

par la tête : jamais de réponse. Je leur raconte
des blagues, aussi, histoire de rire : j'en suis
encore à me demander s'ils les gobent ou s'ils les
retiennent contre moi. Une pyramide de silence
au-dessus de ma tête, un millénaire qui se tait :
ça me tue. Et s'ils m'ignorent? S'ils m'ont oublié?
Qu'est-ce que je deviens, moi, sans tribunal?
Quel mépris! — « Tu peux faire ce que tu veux,
on s'en fout! » — Alors? je compte pour du
beurre? Une vie qui n'est pas sanctionnée, la
terre la boit. C'était l'Ancien Testament. Voici le
Nouveau. Vous serez l'avenir et le présent, le
monde et moi-même; hors de vous, rien : vous
me ferez oublier les siècles, je vivrai. Vous m'écouterez, je surprendrai vos regards, je vous enten-
drai me répondre; un jour, peut-être, après des
années, vous reconnaîtrez mon innocence et je le
saurai. Quelle fête carillonnée : vous me serez
tout et tout m'acquittera. *(Un temps.)* Johanna!
Est-ce que c'est possible?

Un temps.

JOHANNA

Oui.

FRANTZ

On peut encore m'aimer?

JOHANNA, *sourire triste*
mais avec une profonde sincérité.

Malheureusement.

Frantz se lève. Il a l'air délivré, presque

heureux. Il va vers Johanna et la prend dans
ses bras.

FRANTZ

Je ne serai plus jamais seul... *(Il va pour l'em-*
brasser puis, brusquement, il l'éloigne et reprend
son air maniaque et dur. Johanna le regarde,
comprend qu'il est entré dans sa solitude et se durcit
à son tour. Avec une ironie mauvaise mais qui ne
porte que sur lui-même.) Je vous demande pardon,
Johanna; il est un petit peu tôt pour corrompre
le juge que je me suis donné.

JOHANNA

Je ne suis pas votre juge. Ceux qu'on aime, on
ne les juge pas.

FRANTZ

Et si vous cessiez de m'aimer? Est-ce que ce
ne serait pas le jugement? Le jugement dernier?

JOHANNA

Comment le pourrais-je?

FRANTZ

En apprenant qui je suis.

JOHANNA

Je le sais déjà.

FRANTZ, *se frottant les mains d'un air réjoui.*

Oh! non. Pas du tout! Pas du tout! *(Un temps.*

Il a l'air tout à fait fou.) Un jour viendra, pareil
à tous les jours, je parlerai de moi, vous m'écouterez et, tout d'un coup, l'amour s'écroulera! Vous
me regarderez avec horreur et je me sentirai
redevenir... *(Il se met à quatre pattes et marche de
côté.)*... crabe!

JOHANNA, *le regardant avec horreur.*

Arrêtez!

FRANTZ, *à quatre pattes.*

Vous ferez ces yeux! Justement ceux-là! *(Il se
relève prestement.)* Condamné, hein? Condamné
sans recours! *(D'une voix changée, cérémonieuse et
optimiste.)* Bien entendu, il est également possible
que je fasse l'objet d'un acquittement.

JOHANNA, *méprisante et tendue.*

Je ne suis pas sûre que vous le souhaitiez.

FRANTZ

Madame, je souhaite en finir : d'une manière
ou d'une autre.

Un temps.

JOHANNA

Vous avez gagné, bravo! Si je pars, je vous
condamne; si je reste, vous mettez la méfiance
entre nous; elle brille déjà dans vos yeux. Eh
bien, suivons le programme : veillons à nous
dégrader ensemble, avilissons-nous bien soigneu-
sement et l'un par l'autre; nous ferons de notre

amour un instrument de torture; nous boirons,
n'est-ce pas? Vous vous remettrez au champagne;
moi, c'était le whisky, j'en apporterai. Chacun sa
bouteille, face à l'autre et seul. *(Avec un sourire
mauvais.)* Savez-vous ce que nous serons, témoin
de l'Homme? Un couple comme tous les couples!
(Elle se verse du champagne et lève la coupe.) Je
bois à nous! *(Elle boit d'un trait et jette la coupe
contre le portrait de Hitler. La coupe se brise en
heurtant le portrait. Johanna va prendre un fauteuil sur le tas de meubles brisés, le redresse et
s'assied.)* Alors?

FRANTZ, *déconcerté.*

Johanna... Est-ce que...

JOHANNA

C'est moi qui interroge. Alors? Qu'avez-vous à
dire?

FRANTZ

Vous ne m'avez pas compris. S'il n'y avait que
nous deux, je vous jure...

JOHANNA

Qu'y a-t-il d'autre?

FRANTZ, *péniblement.*

Leni, ma sœur. Si je me décide à parler, c'est
pour nous sauver d'elle. Je dirai... ce qui est à
dire, sans m'épargner mais à ma façon, petit à
petit; cela prendra des mois, des années, peu

importe! Je ne demande que votre confiance et vous aurez la mienne, si vous me promettez de ne plus croire que moi.

JOHANNA, *elle le regarde longuement.*
Plus douce.

Bon. Je ne croirai que vous.

FRANTZ, *avec un peu de solennité,*
mais sincèrement.

Tant que vous tiendrez cette promesse, Leni sera sans pouvoir sur nous. *(Il va s'asseoir.)* J'ai eu peur. Vous étiez dans mes bras; je vous désirais, j'allais vivre... et, tout d'un coup, j'ai vu ma sœur et je me suis dit : elle nous cassera. *(Il sort un mouchoir de sa poche et s'éponge le front.)* Ouf! *(D'une voix douce.)* C'est l'été, n'est-ce pas? Il doit faire chaud. *(Un temps. Le regard dans le vide.)* Savez-vous qu'il avait fait de moi une assez formidable machine?

JOHANNA

Le père?

FRANTZ, *même jeu.*

Oui. Une machine à commander. *(Petit rire. Un temps.)* Un été de plus! et la machine tourne encore. A vide, comme toujours. *(Il se lève.)* Je vous dirai ma vie; mais ne vous attendez pas à de grandes scélératesses. Oh! non : même pas cela. Savez-vous ce que je me reproche : je n'ai rien fait. *(La lumière baisse lentement.)* Rien! Rien! Jamais!

SCÈNE III

FRANTZ, JOHANNA, UNE FEMME

UNE VOIX DE FEMME, *doucement.*

Soldat!

JOHANNA, *sans entendre la femme.*

Vous avez fait la guerre.

FRANTZ

Pensez-vous!

Il commence à faire sombre.

VOIX DE FEMME, *plus fort.*

Soldat!

FRANTZ, *debout sur le devant de la scène,*
seul visible. Johanna, assise sur le fauteuil,
est entrée dans l'ombre.

La guerre, on ne la fait pas : c'est elle qui nous
fait. Tant qu'on se battait, je rigolais bien : j'étais
un civil en uniforme. Une nuit, je suis devenu
soldat pour toujours. (*Il prend derrière lui, sur*

la table, une casquette d'officier et s'en coiffe d'un geste brusque.) Un pauvre gueux de vaincu, un incapable. Je revenais de Russie, je traversais l'Allemagne en me cachant, je suis entré dans un village en ruine.

LA FEMME, *toujours invisible, plus fort.*

Soldat!

FRANTZ

Hein? *(Il se retourne brusquement. De la main gauche, il tient une torche électrique; de la main droite, il tire son revolver de son étui, prêt à tirer; la torche électrique n'est pas allumée.)* Qui m'appelle?

LA FEMME

Cherche bien.

FRANTZ

Combien êtes-vous?

LA FEMME

A ta hauteur, plus personne. Par terre, il y a moi. *(Frantz allume brusquement sa torche en la dirigeant vers le sol. Une femme noire est accotée contre le mur, à demi couchée sur le parquet.)* Éteins ça, tu m'éblouis. *(Frantz éteint. Reste une clarté diffuse qui les enveloppe et qui les rend visibles.)* Ha! Ha! Tire! Tire donc! Finis ta guerre en assassinant une Allemande!

Frantz s'aperçoit qu'il a, sans même y

prendre garde, braqué son revolver contre la
femme. Il le remet avec horreur dans sa
poche.

FRANTZ

Que fais-tu là?

LA FEMME

Tu vois; je suis au pied du mur. *(Fièrement.)*
C'est mon mur. Le plus solide du village. Le seul
qui ait tenu.

FRANTZ

Viens avec moi.

LA FEMME

Allume ta torche. *(Il l'allume, le faisceau lumi-*
neux éclairant le sol. Il fait sortir de l'ombre une
couverture qui enveloppe la femme des pieds à la
tête.) Regarde. *(Elle soulève un peu la couverture.*
Il dirige la torche vers ce qu'elle lui montre et que
le public ne voit pas. Puis avec un grognement,
brusquement il éteint.) Eh oui : c'étaient mes
jambes.

FRANTZ

Que puis-je faire pour toi?

LA FEMME

T'asseoir une minute. *(Il s'assied près d'elle.)*
J'ai mis au pied du mur un soldat de chez nous!
(Un temps.) Je ne demandais plus rien d'autre.

(Un temps.) J'espérais que ce serait mon frère, mais il a été tué. En Normandie. Tant pis; tu feras l'affaire. Je lui aurais dit : « Regarde! *(Montrant les ruines du village.)* C'est ton ouvrage. »

FRANTZ

Son ouvrage?

LA FEMME, *directe, sur Frantz.*

Et le tien, mon garçon!

FRANTZ

Pourquoi?

LA FEMME, *c'est une évidence.*

Tu t'es laissé battre.

FRANTZ

Ne dis pas de bêtises. *(Il se lève brusquement, face à la femme. Son regard rencontre une affiche, jusqu'alors invisible et qu'un projecteur éclaire. Elle est collée au mur, à un mètre soixante-quinze du sol, à droite de la femme : « Les coupables, c'est vous! »)* Encore! Ils la mettent donc partout!

Il va pour la déchirer.

LA FEMME, *la tête renversée en arrière, le regardant.*

Laisse-la! Laisse, je te dis, c'est *mon* mur. *(Frantz s'éloigne.)* Les coupables, c'est vous! *(Elle lit et le désigne.)* Toi, mon frère, vous tous!

FRANTZ

Tu es d'accord avec eux?

LA FEMME

Comme la nuit avec le jour. Ils racontent au
Bon Dieu que nous sommes des cannibales et le
Bon Dieu les écoute parce qu'ils ont gagné. Mais
on ne m'ôtera pas de l'idée que le vrai cannibale,
c'est le vainqueur. Avoue-le, soldat : tu ne voulais
pas manger de l'homme.

FRANTZ, *avec lassitude.*

Nous en avons détruit! Détruit! Des villes et
des villages! Des capitales!

LA FEMME

S'ils vous ont battus, c'est qu'ils en ont détruit
plus que vous. *(Frantz hausse les épaules.)* As-tu
mangé de l'homme?

FRANTZ

Et ton frère? Est-ce qu'il en a mangé?

LA FEMME

Sûrement pas : il gardait les bonnes manières.
Comme toi.

FRANTZ, *après un silence.*

On t'a parlé des camps?

LA FEMME

Desquels?

FRANTZ

Tu sais bien : les camps d'extermination.

LA FEMME

On m'en a parlé.

FRANTZ

Si l'on t'apprenait que ton frère, au moment de sa mort, était gardien dans l'un de ces camps, tu serais fière?

LA FEMME, *farouche.*

Oui. Écoute-moi bien, mon garçon, si mon frère avait des morts par milliers sur la conscience, si, parmi ces morts, il se trouvait des femmes pareilles à moi, des enfants pareils à ceux qui pourrissent sous ces pierres, je serais fière de lui : je saurais qu'il est au Paradis et qu'il a le droit de penser : « Moi, j'ai fait ce que j'ai pu! » Mais je le connais : il nous aimait moins que son honneur, moins que ses vertus. Et voilà! *(Geste circulaire. Avec violence.)* Il fallait la Terreur — que vous dévastiez tout!

FRANTZ

Nous l'avons fait.

LA FEMME

Jamais assez! Pas assez de camps! Pas assez de bourreaux! Tu nous as trahis en donnant ce qui ne t'appartenait pas : chaque fois que tu épargnais la vie d'un ennemi, fût-il au berceau, tu

prenais une des nôtres; tu as voulu combattre
sans haine et tu m'as infectée de la haine qui me
ronge le cœur. Où est ta vertu, mauvais soldat?
Soldat de la déroute, où est ton honneur? Le coupable, c'est toi! Dieu ne te jugera pas sur tes
actes, mais sur ce que tu n'as pas osé faire : sur
les crimes qu'il fallait commettre et que tu n'as
pas commis! *(L'obscurité s'est faite peu à peu.
Seule l'affiche reste visible. La voix répète en s'éloi-
gnant.)* Le coupable, c'est toi! C'est toi! C'est toi!

L'affiche s'éteint.

SCÈNE IV

FRANTZ, JOHANNA

VOIX DE FRANTZ, *dans la nuit.*

Johanna!

> *Lumière. Frantz est debout, tête nue, près de sa table. Johanna est assise dans le fauteuil. La femme a disparu.*

JOHANNA, *sursautant.*

Eh bien?

> *Frantz va vers elle. Il la regarde longuement.*

FRANTZ

Johanna!

> *Il la regarde, essayant de chasser ses souvenirs.*

JOHANNA, *se rejetant en arrière avec un peu de sécheresse.*

Qu'est-elle devenue?

FRANTZ

La femme? Cela dépend.

JOHANNA, *surprise.*

De quoi donc?

FRANTZ

De mes rêves.

JOHANNA

Ce n'était pas un souvenir?

FRANTZ

C'est aussi un rêve. Tantôt je l'emmène, tantôt je l'abandonne et tantôt... De toute façon, elle
crève, c'est un cauchemar. *(Le regard fixe, pour
lui-même.)* Je me demande si je ne l'ai pas tuée.

JOHANNA, *sans surprise,
mais avec peur et dégoût.*

Ha!

> *Il se met à rire.*

FRANTZ, *un geste pour appuyer
sur une gâchette imaginaire.*

Comme ça. *(Défi souriant.)* Vous l'auriez laissée
souffrir? Sur toutes les routes il y a des crimes.
Des crimes préfabriqués qui n'attendent que leur
criminel. Le vrai soldat passe et s'en charge.
(Brusquement.) L'histoire vous déplaît? Je n'aime
pas vos yeux! Ah! Donnez-lui la fin qu'il vous

plaira. *(Il s'éloigne d'elle à grands pas. Près de
la table, il se retourne.)* « Le coupable, c'est toi! »
Qu'en dites-vous? Elle avait raison?

JOHANNA, *haussant les épaules.*

Elle était folle.

FRANTZ

Oui. Qu'est-ce que cela prouve?

JOHANNA, *force et clarté.*

Nous avons perdu parce que nous manquions
d'hommes et d'avions!

FRANTZ, *l'interrompant.*

Je sais! Je sais! Cela regarde Hitler. *(Un temps.)*
Je vous parle de moi. La guerre était mon lot :
jusqu'où devais-je l'aimer? *(Elle veut parler.)*
Réfléchissez! Réfléchissez bien : votre réponse sera
décisive.

JOHANNA, *mal à l'aise, agacée et durcie.*

C'est tout réfléchi.

FRANTZ, *un temps.*

Si j'avais commis en effet tous les forfaits qu'on
a jugés à Nuremberg...

JOHANNA

Lesquels?

FRANTZ

Est-ce que je sais! Génocide et tout le bordel!

JOHANNA, *haussant les épaules.*

Pourquoi les auriez-vous commis?

FRANTZ

Parce que la guerre était mon lot : quand nos pères ont engrossé nos mères, ils leur ont fait des soldats. Je ne sais pas pourquoi.

JOHANNA

Un soldat c'est un homme.

FRANTZ

C'est d'abord un soldat. Alors? M'aimeriez-vous encore? *(Elle veut parler.)* Mais prenez votre temps, nom de Dieu! *(Elle le regarde en silence.)* Eh bien?

JOHANNA

Non.

FRANTZ

Vous ne m'aimeriez plus? *(Signe de Johanna.)* Je vous ferais horreur?

JOHANNA

Oui.

FRANTZ, *éclatant de rire.*

Bon, bon, bon! Rassurez-vous, Johanna : vous

avez affaire à un puceau. Innocence garantie.
(Elle reste défiante et dure.) Vous pouvez bien
me sourire : j'ai tué l'Allemagne par sensiblerie.

> *La porte de la salle de bains s'ouvre. Klages
> entre, referme la porte et va s'asseoir, à pas
> lents, sur la chaise de Frantz. Frantz ni
> Johanna ne lui prêtent attention.*

SCÈNE V

FRANTZ, JOHANNA, KLAGES

FRANTZ

Nous étions cinq cents près de Smolensk. Accrochés à un village. Commandant tué, capitaines tués : restaient nous deux, les deux lieutenants et un feldwebel. Drôle de triumvirat : le lieutenant Klages, c'était le fils d'un pasteur; un idéaliste, dans les nuages... Heinrich, le feldwebel, avait les pieds sur terre, mais il était cent pour cent nazi. Les partisans nous coupaient de l'arrière : ils tenaient la route sous leur feu. Trois jours de vivres. On a trouvé deux paysans russes, on les a mis dans une grange et baptisé les prisonniers.

KLAGES, *accablé.*

Quelle brute!

FRANTZ, *sans se retourner.*

Eh?

KLAGES

Heinrich! Je dis : quelle brute!

FRANTZ, *vague, même jeu.*

Ah! oui...

KLAGES, *piteux et sinistre.*

Frantz, je suis dans un merdier! *(Frantz se retourne brusquement vers lui.)* Les deux paysans, il s'est mis en tête de les faire parler.

FRANTZ

Ah! Ah! *(Un temps.)* Et toi, tu ne veux pas qu'il les bouscule?

KLAGES

J'ai tort?

FRANTZ

La question n'est pas là.

KLAGES

Où est-elle?

FRANTZ

Tu lui as défendu d'entrer dans la grange? *(Signe de Klages.)* Donc, il ne faut pas qu'il y entre.

KLAGES

Tu sais bien qu'il ne m'écoutera pas.

FRANTZ, *feignant l'étonnement indigné.*

Hein?

KLAGES

Je ne trouve pas les mots.

FRANTZ

Hein?

KLAGES

Les mots pour le convaincre.

FRANTZ, *stupéfait.*

Et par-dessus le marché, tu veux qu'il soit convaincu! *(Brutal.)* Traite-le comme un chien, fais-le ramper!

KLAGES

Je ne peux pas. Si je méprise un homme, un seul, même un bourreau, je n'en respecterai plus aucun.

FRANTZ

Si un subordonné, un seul, refuse de t'obéir, tu ne seras plus obéi par aucun. Le respect de l'homme, je m'en moque, mais si tu fous la discipline en l'air, c'est la déroute, le massacre ou les deux à la fois.

KLAGES, *il se lève, va vers la porte, l'entrouvre et jette un coup d'œil au-dehors.*

Il est devant la grange : il guette. *(Il referme la porte et se tourne vers Frantz.)* Sauvons-les!

FRANTZ

Tu les sauveras si tu sauves ton autorité.

KLAGES

J'avais pensé...

FRANTZ

Quoi?

KLAGES

Heinrich t'écoute comme le Bon Dieu.

FRANTZ

Parce que je le traite comme un tas de merde :
c'est logique.

KLAGES, *gêné.*

Si l'ordre venait de toi... *(Suppliant.)* Frantz!

FRANTZ

Non. Les prisonniers, c'est ton rayon. Si je
donne un ordre à ta place, je te déconsidère. Et
si je suis tué dans une heure, après t'avoir coulé,
Heinrich commandera seul. Ce sera la catastrophe :
pour mes soldats parce qu'il est bête, pour tes
prisonniers parce qu'il est méchant. *(Il traverse
la salle et s'approche de Johanna.)* Et surtout pour
Klages : tout lieutenant qu'il était, Heinrich l'aurait mis au trou.

JOHANNA

Pourquoi?

FRANTZ

Klages souhaitait notre défaite.

KLAGES

Je ne la souhaite pas : je la veux!

FRANTZ

Tu n'as pas le droit!

KLAGES

Ce sera l'effondrement de Hitler.

FRANTZ

Et celui de l'Allemagne. *(Riant.)* Kaputt! Kaputt! *(Revenant à Johanna.)* C'était le champion de la restriction mentale; il condamnait les nazis dans son âme pour se cacher qu'il les servait dans son corps.

JOHANNA

Il ne les servait pas!

FRANTZ, *à Johanna.*

Allez! Vous êtes de la même espèce. Ses mains les servaient, sa voix les servait. Il disait à Dieu : « Je ne veux pas ce que je fais! » mais il le faisait. *(Revenant à Klages.)* La guerre passe par toi. En la refusant, tu te condamnes à l'impuissance : tu as vendu ton âme pour rien, moraliste. La mienne, je la ferai payer. *(Un temps.)* D'abord gagner! Ensuite, on s'occupera de Hitler.

KLAGES

Il ne sera plus temps.

FRANTZ

Nous verrons! *(Revenant sur Johanna, mena-çant.)* On m'avait trompé, Madame, et j'avais décidé qu'on ne me tromperait plus.

JOHANNA

Qui vous avait trompé?

FRANTZ

Vous le demandez? Luther. *(Riant.)* Vu! Compris! J'ai envoyé Luther au diable et je suis parti. La guerre était mon destin et je l'ai voulue de toute mon âme. J'agissais, enfin! Je réinventais les ordres; j'étais d'accord avec moi.

JOHANNA

Agir, c'est tuer?

FRANTZ, *à Johanna.*

C'est agir. Écrire son nom.

KLAGES

Sur quoi?

FRANTZ, *à Klages.*

Sur ce qui se trouve là. J'écris le mien sur cette plaine. Je répondrai de la guerre comme si je l'avais faite à moi seul et, quand j'aurai gagné, je rempilerai.

JOHANNA, *très sèche.*

Et les prisonniers, Frantz?

FRANTZ, *se retournant vers elle.*

Hé?

JOHANNA

Vous qui répondez de tout, avez-vous répondu d'eux?

FRANTZ, *un temps.*

Je les ai tirés d'affaire. *(A Klages.)* Comment lui donner cet ordre sans compromettre ton autorité? Attends un peu. *(Il réfléchit.)* Bien! *(Il va à la porte et l'ouvre. Appelant.)* Heinrich!

> *Il revient vers la table, Heinrich entre en courant.*

SCÈNE VI

FRANTZ, JOHANNA, KLAGES, HEINRICH

HEINRICH, *salut militaire. Garde-à-vous.*

A vos ordres, mon lieutenant.

> *Un vague sourire de confiance heureuse,
> presque tendre, éclaire son visage quand il
> s'adresse à Frantz.*

FRANTZ, *il s'avance vers le feldwebel sans hâte
et l'inspecte de la tête aux pieds.*

Feldwebel, vous vous négligez. *(Désignant un
bouton qui pend à une boutonnière.)* C'est quoi,
ça?

HEINRICH

C'est... heu... un bouton, mon lieutenant.

FRANTZ, *bonhomme.*

Vous alliez le perdre, mon ami. *(Il le lui arrache
d'un coup sec et le garde dans la main gauche.)*
Vous le recoudrez.

HEINRICH, *désolé.*

Mon lieutenant, personne n'a plus de fil.

FRANTZ

Tu réponds, sac à merde? *(Il le gifle de la main droite, à toute volée, par deux reprises.)* Ramasse! *(Il laisse tomber le bouton. Le feldwebel se baisse pour le ramasser.)* Garde-à-vous! *(Le feldwebel a ramassé le bouton. Il se met au garde-à-vous.)* A partir d'aujourd'hui, le lieutenant Klages et moi, nous avons décidé de changer nos fonctions toutes les semaines. Vous le conduirez tout à l'heure aux avant-postes; moi, jusqu'à lundi, je prends ses attributions. Rompez. *(Heinrich fait le salut militaire.)* Attendez! *(A Klages.)* Il y a des prisonniers, je crois?

KLAGES

Deux.

FRANTZ

Très bien : je les prends en charge.

HEINRICH, *ses yeux brillent,*
il croit que Frantz acceptera ses suggestions.

Mon lieutenant!

FRANTZ, *brutal, l'air étonné.*

Quoi?

HEINRICH

C'est des partisans.

FRANTZ

Possible! Après?

HEINRICH

Si vous permettiez...

KLAGES

Je lui ai déjà interdit de s'occuper d'eux.

FRANTZ

Vous entendez, Heinrich? Voilà qui est réglé. Dehors!

KLAGES

Attends. Sais-tu ce qu'il m'a demandé?

HEINRICH, *à Frantz.*

Je... je plaisantais, mon lieutenant.

FRANTZ, *fronçant le sourcil.*

Avec un supérieur? *(A Klages.)* Qu'a-t-il demandé?

KLAGES

« Que ferez-vous si je ne vous obéis pas? »

FRANTZ, *d'une voix neutre.*

Ah! *(Il se tourne vers Heinrich.)* Aujourd'hui, Feldwebel, c'est à moi de vous répondre. Si vous n'obéissez pas... *(Frappant sur son étui à revolver.)*... Je vous abattrai.

Un temps.

KLAGES, *à Heinrich.*

Conduisez-moi aux avant-postes.

*Il échange un clin d'œil avec Frantz et sort
derrière Heinrich.*

SCÈNE VII

FRANTZ, JOHANNA

FRANTZ

C'était bien de tuer mes soldats?

JOHANNA

Vous ne les avez pas tués.

FRANTZ

Je n'ai pas *tout* fait pour les empêcher de mourir.

JOHANNA

Les prisonniers n'auraient pas parlé.

FRANTZ

Qu'en savez-vous?

JOHANNA

Des paysans? Ils n'avaient rien à dire.

FRANTZ

Qui prouve que ce n'étaient pas des partisans?

JOHANNA

En général, les partisans ne parlent pas.

FRANTZ

En général, oui! *(Insistant, l'air fou.)* L'Allemagne vaut bien un crime, hein, quoi? *(Mon-
dain, d'une aisance égarée, presque bouffonne.)* Je
ne sais pas si je me fais comprendre. Vous êtes
déjà d'une autre génération. *(Un temps. Violent,
dur, sincère, sans la regarder, l'œil fixe, presque au
garde-à-vous.)* La vie brève; avec une mort de
choix! Marcher! Marcher! Aller au bout de l'horreur, dépasser l'Enfer! Une poudrière : je l'aurais
foudroyée dans les ténèbres, tout aurait sauté sauf
mon pays; un instant, j'aurais été le bouquet tour-
noyant d'un feu d'artifice mémorable et puis plus
rien : la nuit et mon nom, seul, sur l'airain. *(Un
temps.)* Avouons que j'ai renâclé. Les principes,
ma chère, toujours les principes. Ces deux prisonniers inconnus, vous pensez bien que je leur pré-
férais mes hommes. Il a pourtant fallu que je dise
non! Et je serais un cannibale? Permettez : tout
au plus un végétarien. *(Un temps. Pompeux, légis-
lateur.)* Celui qui ne fait pas tout ne fait rien :
je n'ai rien fait. Celui qui n'a rien fait n'est personne. Personne? *(Se désignant comme à l'appel.)*
Présent! *(Un temps. A Johanna.)* Voilà le premier chef d'accusation.

JOHANNA

Je vous acquitte.

FRANTZ

Je vous dis qu'il faut en débattre.

JOHANNA

Je vous aime.

FRANTZ

Johanna! *(On frappe à la porte d'entrée, 5, 4, 2 fois 3 coups. Ils se regardent.)* Eh bien, c'était un peu tard.

JOHANNA

Frantz...

FRANTZ

Un peu tard pour m'acquitter. *(Un temps.)* Le père a parlé. *(Un temps.)* Johanna, vous verrez une exécution capitale.

JOHANNA, *le regardant.*

La vôtre? *(On recommence à frapper.)* Et vous vous laisserez égorger? *(Un temps.)* Vous ne m'aimez donc pas?

FRANTZ, *riant silencieusement.*

Notre amour, je vous en parlerai tout à l'heure... *(Désignant la porte)...* en sa présence. Ce ne sera pas beau. Et rappelez-vous ceci : je vous demanderai votre aide et vous ne me la donnerez pas. *(Un temps.)* S'il reste une chance... Entrez là.

Il l'entraîne vers la salle de bains. Elle entre. Il referme la porte et va ouvrir à Leni.

SCÈNE VIII

FRANTZ, LENI

FRANTZ, *il défait précipitamment son bracelet-*
montre et le met dans sa poche. Leni entre en portant
sur une assiette un petit gâteau de Savoie recouvert
de sucre blanc. Sur le gâteau, quatre bougies.
Elle porte un journal sous son bras gauche.

Pourquoi me déranger à cette heure-ci?

LENI

Tu sais l'heure?

FRANTZ

Je sais que tu viens de me quitter.

LENI

Le temps t'a paru court.

FRANTZ

Oui. *(Désignant le gâteau.)* Qu'est-ce que
c'est?

LENI

Un petit gâteau : je te l'aurais donné demain pour ton dessert.

FRANTZ

Et puis?

LENI

Tu vois : je te l'apporte ce soir. Avec des bougies.

FRANTZ

Des bougies, pourquoi?

LENI

Compte-les.

FRANTZ

Une, deux, trois, quatre. Eh bien?

LENI

Tu as trente-quatre ans.

FRANTZ

Oui : depuis le 15 février.

LENI

Le 15 février, c'était un anniversaire.

FRANTZ

Et aujourd'hui?

LENI

Une date.

FRANTZ

Bon. *(Il prend le plateau et le porte sur la table.)*
« Frantz! » C'est toi qui as écrit mon nom?

LENI

Qui veux-tu que ce soit?

FRANTZ

La Renommée! *(Il contemple son nom.)* « Frantz »
en sucre rose. Plus joli mais moins flatteur que
l'airain. *(Il allume les bougies.)* Brûlez doucement,
cierges : votre consomption sera la mienne. *(Négli-
gemment.)* Tu as vu le père!

LENI

Il m'a rendu visite.

FRANTZ

Dans ta chambre?

LENI

Oui!

FRANTZ

Il est resté longtemps?

LENI

Bien assez.

FRANTZ

Dans ta chambre : c'est une faveur exception-
nelle.

LENI

Je la paierai!

FRANTZ

Moi aussi.

LENI

Toi aussi.

FRANTZ, *il coupe deux tranches du gâteau.*

Ceci est mon corps. *(Il verse du champagne
dans deux coupes.)* Ceci est mon sang. *(Il tend le
gâteau à Leni.)* Sers-toi. *(Elle secoue la tête en
souriant.)* Empoisonné?

LENI

Pour quoi faire?

FRANTZ

Tu as raison : pourquoi? *(Il tend une coupe.)*
Tu accepteras bien de porter une santé? *(Leni la
prend et la considère avec méfiance.)* Un crabe?

LENI

Du rouge à lèvres.

> *Il lui arrache la coupe et la brise contre la
> table.*

FRANTZ

C'est le tien! Tu ne sais pas faire la vaisselle.
*(Il lui tend l'autre coupe pleine. Elle la prend. Il
verse du champagne dans une troisième coupe qu'il
se réserve.)* Bois à moi!

LENI

A toi.

Elle lève la coupe.

FRANTZ

A moi! *(Il choque sa coupe contre la sienne.)*
Qu'est-ce que tu me souhaites?

LENI

Qu'il n'y ait rien.

FRANTZ

Rien? Oh! Après? Excellente idée! *(Levant sa
coupe.)* Je bois à rien. *(Il boit, repose la coupe.
Leni chancelle, il la reçoit dans ses bras et la conduit
au fauteuil.)* Assieds-toi, petite sœur.

LENI, *s'asseyant.*

Excuse-moi : je suis fatiguée. *(Un temps.)* Et le
plus dur reste à faire.

FRANTZ

Très juste.

Il s'essuie le front.

LENI, *comme à elle-même.*

On gèle. Encore un été pourri.

FRANTZ, *stupéfait.*

On étouffe.

LENI, *bonne volonté.*

Ah? Peut-être.

Elle le regarde.

FRANTZ

Tu me regardes?

LENI

Oui. *(Un temps.)* Tu es un autre. Ça devrait se voir.

FRANTZ

Ça ne se voit pas?

LENI

Non. Je vois *toi.* C'est décevant. *(Un temps.)* La faute n'est à personne, mon chéri : il aurait fallu que tu m'aimes. Mais je pense que tu ne le pouvais pas.

FRANTZ

Je t'aimais bien.

LENI, *cri de violence et de rage.*

Tais-toi! *(Elle se maîtrise mais sa voix garde*

jusqu'au bout une grande dureté.) Le père m'a dit
que tu connaissais notre belle-sœur.

FRANTZ

Elle vient me voir de temps en temps. Une
bien brave fille : je suis content pour Werner.
Qu'est-ce que tu m'as raconté? Elle n'est pas du
tout bossue.

LENI

Mais si.

FRANTZ

Mais non! *(Geste vertical de la main.)* Elle est...

LENI

Oui : elle a le dos droit. Ça n'empêche pas
qu'elle soit bossue. *(Un temps.)* Tu la trouves
belle?

FRANTZ

Et toi?

LENI

Belle comme la mort.

FRANTZ

C'est très fin ce que tu dis là : je lui en ai fait
la réflexion moi-même.

LENI

Je bois à elle!

Elle vide sa coupe et la jette.

FRANTZ, *ton objectif.*

Tu es jalouse?

LENI

Je ne sens rien.

FRANTZ

Oui. C'est trop tôt.

LENI

Beaucoup trop tôt.

> *Un temps. Frantz prend un morceau de gâteau et le mange.*

FRANTZ, *désignant le gâteau et riant.*

C'est un étouffe-coquin! *(Il tient sa tranche de gâteau dans la main gauche. De la droite, il ouvre le tiroir, y prend le revolver et, tout en mangeant, le tend à Leni.)* Tiens.

LENI

Que veux-tu que j'en fasse?

FRANTZ, *se montrant.*

Tire. Et laisse-la tranquille.

LENI, *riant.*

Remets ça dans ton tiroir. Je ne sais même pas m'en servir.

FRANTZ, *il garde le bras tendu.*
Le revolver est à plat dans sa main.

Tu ne lui feras pas de mal?

LENI

L'ai-je soignée treize ans? Ai-je mendié ses
caresses? Avalé ses crachats? L'ai-je nourrie, lavée,
vêtue, défendue contre tous? Elle ne me doit rien
et je ne la toucherai pas. Je souhaite qu'elle ait
un peu de peine, mais c'est pour l'amour de toi.

FRANTZ, *c'est plutôt une affirmation.*

Moi, je te dois tout?

LENI, *farouche.*

Tout!

FRANTZ, *désignant le revolver.*

Prends-le donc.

LENI

Tu en meurs d'envie. Quel souvenir tu lui lais-
serais! Et comme le veuvage lui siérait : elle en
a la vocation. *(Un temps.)* Je ne songe pas à te
tuer, mon cher amour, et je ne crains rien au
monde plus que ta mort. Seulement je suis obligée
de te faire beaucoup de mal : mon intention est
de tout dire à Johanna.

FRANTZ

Tout?

LENI

Tout. Je te fracasserai dans son cœur. *(La main de Frantz se crispe sur le revolver.)* Tire donc sur ta pauvre sœurette : j'ai fait une lettre; en cas de malheur, Johanna la recevra ce soir. *(Un temps.)* Tu crois que je me venge?

FRANTZ

Tu ne te venges pas?

LENI

Je fais ce qui est juste. Mort ou vif, il est juste que tu m'appartiennes puisque je suis la seule à t'aimer tel que tu es.

FRANTZ

La seule? *(Un temps.)* Hier, j'aurais fait un massacre. Aujourd'hui, j'entrevois une chance. Une chance sur cent pour qu'elle m'accepte. *(Remettant le revolver dans le tiroir.)* Si tu es encore vivante, Leni, c'est que j'ai décidé de courir cette chance jusqu'au bout.

LENI

Très bien. Qu'elle sache ce que je sais et que la meilleure gagne.

> *Elle se lève, va vers la salle de bains. En passant derrière lui, elle jette le journal sur la table. Frantz sursaute.*

FRANTZ

Quoi?

LENI

C'est le *Frankfurter Zeitung* : on parle de nous.

FRANTZ

De toi et de moi?

LENI

De la famille. Ils font une série d'articles :
« Les Géants qui ont reconstruit l'Allemagne. » A
tout seigneur, tout honneur; ils commencent par
les Gerlach.

FRANTZ, *il ne se décide pas
à prendre le journal.*

Le père est un géant?

LENI, *désignant l'article.*

C'est ce qu'ils disent; tu n'as qu'à lire : ils
disent que c'est le plus grand de tous. *(Frantz
prend le journal avec une sorte de grognement
rauque; il l'ouvre. Il est assis face au public, le dos
tourné à la salle de bains, la tête cachée par les
feuilles déployées. Leni frappe à la porte de la salle
de bains.)* Ouvrez! Je sais que vous êtes là.

SCÈNE IX

FRANTZ, LENI, JOHANNA

JOHANNA, *ouvrant la porte.*

Tant mieux. Je n'aime pas me cacher. *(Aimable.)*
Bonjour.

LENI, *aimable.*

Bonjour.

*Johanna, inquiète, écarte Leni, va directe-
ment à Frantz et le regarde lire.*

JOHANNA

Les journaux? *(Frantz ne se retourne même pas.
Tournée vers Leni.)* Vous allez vite.

LENI

Je suis pressée.

JOHANNA

Pressée de le tuer?

LENI, *haussant les épaules.*

Mais non.

JOHANNA

Courez : nous avons pris de l'avance! Depuis aujourd'hui je suis convaincue qu'il supportera la vérité.

LENI

Comme c'est drôle : il est convaincu, lui aussi, que vous la supporterez.

JOHANNA, *souriant.*

Je supporterai tout. *(Un temps.)* Le père vous a fait son rapport?

LENI

Mais oui.

JOHANNA

Il m'en avait menacée. C'est lui qui m'a donné le moyen d'entrer ici.

LENI

Ah!

JOHANNA

Il ne vous l'avait pas dit?

LENI

Non.

JOHANNA

Il nous manœuvre.

LENI

C'est l'évidence.

JOHANNA

Vous acceptez cela?

LENI

Oui.

JOHANNA

Que demandez-vous?

LENI, *désignant Frantz.*

Que vous sortiez de sa vie.

JOHANNA

Je n'en sortirai plus.

LENI

Je vous en ferai sortir.

JOHANNA

Essayez!

Un silence.

FRANTZ, *il pose son journal, se lève,*
va à Johanna. De tout près.

Vous m'avez promis de ne croire que moi,
Johanna, c'est le moment de vous rappeler votre
promesse : aujourd'hui notre amour ne tient qu'à
cela.

JOHANNA

Je ne croirai que vous. *(Ils se regardent. Elle lui sourit avec une confiance tendre mais le visage de Frantz est blême et bouleversé de tics. Il se force à lui sourire, se détourne, regagne sa place et reprend son journal.)* Eh bien, Leni?

LENI

Nous sommes deux. Une de trop. Celle là doit se désigner elle-même.

JOHANNA

Comment ferons-nous?

LENI

Il faut une sérieuse épreuve : si vous **gagnez**, vous me remplacez.

JOHANNA

Vous tricherez.

LENI

Pas la peine.

JOHANNA

Parce que?

LENI

Vous devez perdre.

JOHANNA

Voyons l'épreuve.

LENI

Bien. *(Un temps.)* Il vous a parlé du feldwebel Heinrich et des prisonniers russes? Il s'est accusé d'avoir condamné à mort ses camarades en sauvant la vie de deux partisans?

JOHANNA

Oui.

LENI

Et vous lui avez dit qu'il avait eu raison?

JOHANNA, *ironique.*

Vous savez tout!

LENI

Ne vous en étonnez pas : il ma' fait le coup.

JOHANNA

Alors? Vous prétendez qu'il a menti?

LENI

Rien n'est faux de ce qu'il vous a dit.

JOHANNA

Mais...

LENI

Mais l'histoire n'est pas finie. Johanna, voici l'épreuve.

FRANTZ

Formidable! *(Il rejette le journal et se lève, blême avec des yeux fous.)* Cent vingt chantiers! On irait de la terre à la lune en mettant bout à bout le parcours annuel de nos bateaux. L'Allemagne est debout! vive l'Allemagne! *(Il va vers Leni à grands pas mécaniques.)* Merci, ma sœur. A présent, Laisse-nous.

LENI

Non.

FRANTZ, *impérieux, criant.*

J'ai dit : laisse-nous.

Il veut l'entraîner.

JOHANNA

Frantz!

FRANTZ

Eh bien?

JOHANNA

Je veux savoir la fin de l'histoire.

FRANTZ

L'histoire n'en a pas : tout le monde est mort, sauf moi.

LENI

Regardez-le. Un jour, en 49, il m'a tout avoué.

JOHANNA

Avoué? Quoi?

FRANTZ

Des bobards. Peut-on lui parler sérieusement?
Je rigolais! *(Un temps.)* Johanna, vous m'avez
promis de ne croire que moi.

JOHANNA

Oui.

FRANTZ

Croyez-moi, Bon Dieu! Croyez-moi donc!

JOHANNA

Je... Vous n'êtes plus le même en sa présence.
(Leni rit.) Donnez-moi l'envie de vous croire!
Dites-moi qu'elle ment, parlez! Vous n'avez rien
fait, n'est-ce pas?

FRANTZ, *c'est presque un grognement.*

Rien.

JOHANNA, *avec violence.*

Mais dites-le, il faut que je vous entende! Dites :
je n'ai rien fait!

FRANTZ, *d'une voix égarée.*

Je n'ai rien fait.

JOHANNA, *elle le regarde*
avec une sorte de terreur et se met à crier.

Ha! *(Elle étouffe son cri.)* Je ne vous reconnais plus.

FRANTZ, *s'obstinant.*

Je n'ai rien fait.

LENI

Tu as laissé faire.

JOHANNA

Qui?

LENI

Heinrich.

JOHANNA

Les deux prisonniers?...

LENI

Ces deux-là pour commencer.

JOHANNA

Il y en a eu d'autres?

LENI

C'est le premier pas qui coûte.

FRANTZ

Je m'expliquerai. Quand je vous vois toutes les

deux, je perds la tête. Vous me tuez... Johanna,
quand nous serons seuls... Tout est allé si vite...
Mais je retrouverai mes raisons, je dirai la vérité
entière, Johanna, je vous aime plus que ma vie...

*Il la prend par le bras. Elle se dégage en
hurlant.*

JOHANNA

Lâchez-moi!

*Elle se range à côté de Leni. Frantz reste
hébété en face d'elle.*

LENI, *à Johanna.*

L'épreuve est bien mal engagée.

JOHANNA

Elle est perdue. Gardez-le.

FRANTZ, *égaré.*

Écoutez-moi, vous deux...

JOHANNA, *avec une sorte de haine.*

Vous avez torturé! Vous!

FRANTZ

Johanna! *(Elle le regarde.)* Pas ces yeux! Non.
Pas ces yeux-là! *(Un temps.)* Je le savais! *(Il
éclate de rire et se met à quatre pattes.)* A reculons!
A reculons! *(Leni crie. Il se relève.)* Tu ne m'avais
jamais vu en crabe, sœurette? *(Un temps.)*
Allez-vous-en, toutes les deux! *(Leni va vers la*

table et veut ouvrir le tiroir.) Cinq heures dix.
Dites à mon père que je lui donne rendez-vous à
sept heures dans la Salle des Conseils. Sortez! *(Un
long silence. La lumière baisse. Johanna sort la
première sans se retourner. Leni hésite un peu et
la suit. Frantz s'assied et reprend son journal.)*
Cent vingt chantiers : un Empire!

ACTE V

Même décor qu'au premier acte. Il est sept heures. Le jour baisse. On ne s'en aperçoit pas d'abord parce que les volets des portes-fenêtres sont clos et que la pièce est plongée dans la pénombre. L'horloge sonne sept coups. Au troisième coup, le volet de la porte-fenêtre de gauche s'ouvre du dehors et la lumière entre. Le Père pousse la porte-fenêtre, il entre à son tour. Au même moment, la porte de Frantz s'ouvre, au premier étage, et Frantz paraît sur le palier. Les deux hommes se regardent un moment. Frantz porte à la main une petite valise noire et carrée : son magnétophone.

SCÈNE PREMIÈRE

LE PÈRE, FRANTZ

FRANTZ, *sans bouger.*

Bonjour, Père.

LE PÈRE, *voix naturelle et familière.*

Bonjour, petit. *(Il chancelle et se rattrape au dossier d'une chaise.)* Attends : je vais donner de la lumière.

Il ouvre l'autre porte-fenêtre et pousse l'autre volet. La lumière verdie du premier acte — vers sa fin — entre dans la pièce.

FRANTZ, *il a descendu une marche.*

Je vous écoute.

LE PÈRE

Je n'ai rien à te dire.

FRANTZ

Comment? Vous importunez Leni par des suppliques...

LE PÈRE

Mon enfant, je suis dans ce pavillon parce que
tu m'y as convoqué.

FRANTZ, *il le regarde avec stupeur
puis éclate de rire.*

C'est ma foi vrai. *(Il descend une marche et s'arrête.)* Belle partie! Vous avez joué Johanna contre
Leni puis Leni contre Johanna. Mat en trois
coups.

LE PÈRE

Qui est mat?

FRANTZ

Moi, le roi des noirs. Vous n'êtes pas fatigué de
gagner?

LE PÈRE

Je suis fatigué de tout, mon fils, sauf de cela :
on ne gagne jamais; j'essaie de sauver la mise.

FRANTZ, *haussant les épaules.*

Vous finissez toujours par faire ce que vous
voulez.

LE PÈRE

C'est le plus sûr moyen de perdre.

FRANTZ, *âprement.*

Pour cela, oui! *(Brusquement.)* Au fait, que
voulez-vous?

LE PÈRE

En ce moment? Te voir.

FRANTZ

Me voilà! Rassasiez-vous de ma vue tant que
vous le pouvez encore : je vous réserve des informations choisies. *(Le Père tousse.)* Ne toussez pas.

LE PÈRE, *avec une sorte d'humilité.*

J'essaierai. *(Il tousse encore.)* Ce n'est pas très
commode... *(Se maîtrisant.)* Voilà.

FRANTZ, *regardant son père. Lentement.*

Quelle tristesse! *(Un temps.)* Souriez donc!
C'est fête : père et fils se retrouvent, on tue le
veau gras. *(Brusquement.)* Vous ne serez pas mon
juge.

LE PÈRE

Qui parle de cela?

FRANTZ

Votre regard. *(Un temps.)* Deux criminels :
l'un condamne l'autre au nom de principes qu'ils
ont tous deux violés; comment appelez-vous cette
farce?

LE PÈRE, *tranquille et neutre.*

La Justice. *(Un bref silence.)* Tu es un criminel?

FRANTZ

Oui. Vous aussi. *(Un temps.)* Je vous récuse.

LE PÈRE

Pourquoi donc as-tu voulu me parler?

FRANTZ

Pour vous informer : j'ai tout perdu, vous per-
drez tout. *(Un temps.)* Jurez sur la Bible que vous
ne me jugerez pas! Jurez ou je rentre à l'instant
dans ma chambre.

LE PÈRE, *il va jusqu'à la Bible,*
l'ouvre, étend la main.

Je le jure!

FRANTZ

A la bonne heure! *(Il descend, va jusqu'à la
table et pose le magnétophone sur celle-ci. Il se
retourne. Père et fils sont face à face et de plain-
pied.)* Où sont les années? Vous êtes pareil.

LE PÈRE

Non.

FRANTZ, *il s'approche comme fasciné.*
Avec une insolence marquée mais défensive.

Je vous revois sans aucune émotion. *(Un temps,
il lève la main et, d'un geste presque involontaire,
la pose sur le bras de son père.)* Le vieil Hindenburg. Hein, quoi? *(Il se rejette en arrière. Sec et*

mauvais.) J'ai torturé. *(Un silence. Avec violence.)*
Vous entendez?

LE PÈRE, *sans changer de visage.*

Oui, continue.

FRANTZ

C'est tout. Les partisans nous harcelaient; ils
avaient la complicité du village : j'ai tenté de
faire parler les villageois. *(Un silence. Sec et nerveux.)* Toujours la même histoire.

LE PÈRE, *lourd et lent mais inexpressif.*

Toujours.

Un temps. Frantz le regarde avec hauteur.

FRANTZ

Vous me jugez, je crois?

LE PÈRE

Non.

FRANTZ

Tant mieux. Mon cher père, autant vous prévenir : je suis tortionnaire parce que vous êtes
dénonciateur.

LE PÈRE

Je n'ai dénoncé personne.

FRANTZ

Et le rabbin polonais?

LE PÈRE

Pas même lui. J'ai pris des risques... déplaisants.

FRANTZ

Je ne dis rien d'autre. *(Il revoit le passé.)* Des risques déplaisants? Moi aussi, j'en ai pris. *(Riant.)* Oh! de très déplaisants! *(Il rit. Le Père en profite pour tousser.)* Qu'est-ce qu'il y a?

LE PÈRE

Je ris avec toi.

FRANTZ

Vous toussez! Arrêtez, nom de Dieu, vous me déchirez la gorge.

LE PÈRE

Excuse-moi.

FRANTZ

Vous allez mourir?

LE PÈRE

Tu le sais.

FRANTZ, *il va pour s'approcher.*
Brusque recul.

Bon débarras! *(Ses mains tremblent.)* Cela doit faire un mal de chien.

LE PÈRE

Quoi?

FRANTZ

Cette bon Dieu de toux.

LE PÈRE, *agacé.*

Mais non.

> *La toux reprend puis se calme.*

FRANTZ

Vos souffrances, je les ressens. *(Le regard fixe.)*
J'ai manqué d'imagination.

LE PÈRE

Quand?

FRANTZ

Là-bas. *(Un long silence. Il s'est détourné du
Père, il regarde vers la porte du fond. Quand il
parle, il vit son passé, au présent, sauf lorsqu'il
s'adresse directement au Père.)* Les supérieurs : en
bouillie; le feldwebel et Klages : à ma main; les
soldats : à mes genoux. Seule consigne : tenir. Je
tiens. Je choisis les vivants et les morts : toi, va
te faire tuer! toi reste ici! *(Un temps. Sur le devant
de la scène, noble et sinistre.)* J'ai le pouvoir
suprême. *(Un temps.)* Hein, quoi? *(Il paraît écouter un interlocuteur invisible, puis se retourne vers
son père.)* On me demandait : « Qu'en feras-tu? »

LE PÈRE

Qui?

FRANTZ

C'était dans l'air de la nuit. Toutes les nuits.
(Imitant le chuchotement d'interlocuteurs invisibles.)
Qu'en feras-tu? Qu'en feras-tu? *(Criant.)* Imbé-
ciles! J'irai jusqu'au bout. Au bout du pouvoir!
(Au Père, brusquement.) Savez-vous pourquoi?

LE PÈRE

Oui.

FRANTZ, *un peu décontenancé.*

Ah?

LE PÈRE

Une fois dans ta vie, tu as connu l'impuissance.

FRANTZ, *criant et riant.*

Le vieil Hindenburg a toute sa tête : vive lui!
Oui, je l'ai connue. *(Cessant de rire.)* Ici, à cause
de vous! Vous leur avez livré le rabbin, ils se sont
mis à quatre pour me tenir et les autres l'ont
égorgé. Qu'est-ce que je pouvais faire? *(Levant le
petit doigt de la main gauche et le regardant.)* Pas
même lever l'auriculaire. *(Un temps.)* Expérience
curieuse, mais je la déconseille aux futurs chefs :
on ne s'en relève pas. Vous m'avez fait Prince,
mon père. Et savez-vous ce qui m'a fait Roi?

LE PÈRE

Hitler.

FRANTZ

Oui. Par la honte. Après cet... incident, le pouvoir est devenu ma vocation. Savez-vous aussi que je l'ai admiré?

LE PÈRE

Hitler?

FRANTZ

Vous ne le saviez pas? Oh! Je l'ai haï. Avant, après. Mais ce jour-là, il m'a possédé. Deux chefs, il faut que cela s'entretue ou que l'un devienne la femme de l'autre. J'ai été la femme de Hitler. Le rabbin saignait et je découvrais, au cœur de mon impuissance, je ne sais quel assentiment. *(Il revit le passé.)* J'ai le pouvoir suprême. Hitler m'a fait un Autre, implacable et sacré : lui-même. Je suis Hitler et je me surpasserai. *(Un temps. Au Père.)* Plus de vivres; mes soldats rôdaient autour de la grange. *(Revivant le passé.)* Quatre bons Allemands m'écraseront contre le sol et mes hommes à moi saigneront les prisonniers à blanc. Non! Je ne retomberai jamais dans l'abjecte impuissance. Je le jure. Il fait noir. L'horreur est encore enchaînée... je les prendrai de vitesse : si quelqu'un la déchaîne, ce sera moi. Je revendiquerai le mal, je manifesterai mon pouvoir par la singularité d'un acte inoubliable : changer l'homme en vermine *de son vivant;* je m'occuperai seul des

prisonniers, je les précipiterai dans l'abjection :
ils parleront. Le pouvoir est un abîme dont je vois
le fond; cela ne suffit pas de choisir les morts
futurs; par un canif et un briquet, je déciderai
du règne humain. *(Égaré.)* Fascinant! Les souve-
rains vont en Enfer, c'est leur gloire : j'irai.

> *Il demeure halluciné sur le devant de la
> scène.*

LE PÈRE, *tranquillement.*

Ils ont parlé?

FRANTZ, *arraché à ses souvenirs.*

Hein, quoi? *(Un temps.)* Non. *(Un temps.)*
Morts avant.

LE PÈRE

Qui perd gagne.

FRANTZ

Eh! tout s'apprend : je n'avais pas la main. Pas
encore.

LE PÈRE, *sourire triste.*

N'empêche : le règne humain, ce sont eux qui
en ont décidé.

FRANTZ, *hurlant.*

J'aurais fait comme eux! Je serais mort sous
les coups sans dire un mot! *(Il se calme.)* Et puis,
je m'en fous! J'ai gardé mon autorité.

LE PÈRE

Longtemps?

FRANTZ

Dix jours. Au bout de ces dix jours, les chars ennemis ont attaqué, nous sommes tous morts — même les prisonniers. *(Riant.)* Pardon! Sauf moi! moi pas mort! Pas mort du tout! *(Un temps.)* Rien n'est certain de ce que j'ai dit — sinon que j'ai torturé.

LE PÈRE

Après? *(Frantz hausse les épaules.)* Tu as marché sur les routes? Tu t'es caché? Et puis tu es revenu chez nous?

FRANTZ

Oui. *(Un temps.)* Les ruines me justifiaient : j'aimais nos maisons saccagées, nos enfants mutilés. J'ai prétendu que je m'enfermais pour ne pas assister à l'agonie de l'Allemagne; c'est faux. J'ai souhaité la mort de mon pays et je me séquestrais pour n'être pas témoin de sa résurrection. *(Un temps.)* Jugez-moi!

LE PÈRE

Tu m'as fait jurer sur la Bible...

FRANTZ

J'ai changé d'avis : finissons-en.

LE PÈRE

Non.

FRANTZ

Je vous dis que je vous délie de votre serment.

LE PÈRE

Le tortionnaire accepterait le verdict du dénonciateur?

FRANTZ

Il n'y a pas de Dieu, non?

LE PÈRE

Je crains qu'il n'y en ait pas : c'est même parfois bien embêtant.

FRANTZ

Alors, dénonciateur ou non, vous êtes mon juge naturel. *(Un temps. Le Père fait non de la tête.)* Vous ne me jugerez pas? Pas du tout? Alors, vous avez autre chose en tête! Ce sera pis! *(Brusquement.)* Vous attendez. Quoi?

LE PÈRE

Rien : tu es là.

FRANTZ

Vous attendez! Je les connais vos longues, longues attentes : j'en ai vu en face de vous, des durs, des méchants. Ils vous injuriaient, vous ne disiez rien, vous attendiez : à la fin les bonshommes se liquéfiaient. *(Un temps.)* Parlez! Parlez! Dites n'importe quoi. C'est insupportable.

Un temps.

LE PÈRE

Que vas-tu faire?

FRANTZ

Je remonterai là-haut.

LE PÈRE

Quand redescendras-tu?

FRANTZ

Plus jamais.

LE PÈRE

Tu ne recevras personne?

FRANTZ

Je recevrai Leni : pour le service.

LE PÈRE

Et Johanna?

FRANTZ, *sec.*

Fini! *(Un temps.)* Cette fille a manqué de cran...

LE PÈRE

Tu l'aimais?

FRANTZ

La solitude me pesait. *(Un temps.)* Si elle m'avait accepté comme je suis...

LE PÈRE

Est-ce que tu t'acceptes, toi?

FRANTZ

Et vous? Vous m'acceptez?

LE PÈRE

Non.

FRANTZ, *profondément atteint.*

Pas même un père.

LE PÈRE

Pas même.

FRANTZ, *d'une voix altérée.*

Alors? Qu'est-ce que nous foutons ensemble?
*(Le Père ne répond pas. Avec une angoisse pro-
fonde.)* Ah! je n'aurais pas dû vous revoir! Je
m'en doutais! Je m'en doutais.

LE PÈRE

De quoi?

FRANTZ

De ce qui m'arriverait.

LE PÈRE

Il ne t'arrive rien.

FRANTZ

Pas encore. Mais vous êtes là et moi ici : comme

dans mes rêves. Et, comme dans mes rêves, vous
attendez. *(Un temps.)* Très bien. Moi aussi, je
peux attendre. *(Désignant la porte de sa chambre.)*
Entre vous et moi, je mettrai cette porte. Six mois
de patience. *(Un doigt vers la tête du père.)* Dans
six mois ce crâne sera vide, ces yeux ne verront
plus, les vers boufferont ces lèvres et le mépris
qui les gonfle.

LE PÈRE

Je ne te méprise pas.

FRANTZ, *ironique.*

En vérité! Après ce que je vous ai appris?

LE PÈRE

Tu ne m'as rien appris du tout.

FRANTZ, *stupéfait.*

Plaît-il?

LE PÈRE

Tes histoires de Smolensk, je les connais depuis
trois ans.

FRANTZ, *violent.*

Impossible! Morts! Pas de témoin. Morts et
enterrés. Tous.

LE PÈRE

Sauf deux que les Russes ont libérés. Ils sont

venus me voir. C'était en mars 56. Ferist et
Scheidemann : tu te les rappelles?

FRANTZ, *décontenancé.*

Non. *(Un temps.)* Qu'est-ce qu'ils voulaient?

LE PÈRE

De l'argent contre du silence.

FRANTZ

Alors?

LE PÈRE

Je ne sais pas chanter.

FRANTZ

Ils sont...

LE PÈRE

Muets. Tu les avais oubliés : continue.

FRANTZ, *le regard dans le vide.*

Trois ans?

LE PÈRE

Trois ans. J'ai notifié presque aussitôt ton
décès, et, l'année suivante, j'ai rappelé Werner :
c'était plus prudent.

FRANTZ, *il n'a pas écouté.*

Trois ans! Je tenais des discours aux Crabes,

je leur mentais! Et pendant trois ans, ici, j'étais
à découvert. *(Brusquement.)* C'est depuis ce
moment, n'est-ce pas, que vous cherchez à me
voir?

LE PÈRE

Oui.

FRANTZ

Pourquoi?

LE PÈRE, *haussant les épaules.*

Comme cela!

FRANTZ

Ils étaient assis dans votre bureau, vous les
écoutiez parce qu'ils m'avaient connu et puis —
à un moment donné — l'un des deux vous a
dit : « Frantz von Gerlach est un bourreau. »
Coup de théâtre! *(Essayant de plaisanter.)* Cela
vous a bien surpris, j'espère?

LE PÈRE

Non. Pas beaucoup.

FRANTZ, *criant.*

J'étais propre, quand je vous ai quitté! J'étais
pur, j'avais voulu sauver le Polonais... Pas surpris? *(Un temps.)* Qu'avez-vous pensé? Vous ne
saviez rien encore et, tout d'un coup, vous avez
su! *(Criant plus fort.)* Qu'avez-vous pensé, nom
de Dieu!

LE PÈRE, *tendresse profonde et sombre.*

Mon pauvre petit!

FRANTZ

Quoi?

LE PÈRE

Tu me demandes ce que j'ai pensé! Je te le dis. *(Un temps. Frantz se redresse de toute sa taille puis s'abat en sanglotant sur l'épaule de son père.)* Mon pauvre petit! *(Il lui caresse gauchement la nuque.)* Mon pauvre petit!

Un temps.

FRANTZ, *se redressant brusquement.*

Halte! *(Un temps.)* Effet de surprise. Seize ans que je n'avais pleuré : je recommencerai dans seize ans. Ne me plaignez pas, cela me donne envie de mordre. *(Un temps.)* Je ne m'aime pas beaucoup.

LE PÈRE

Pourquoi t'aimerais-tu?

FRANTZ

En effet.

LE PÈRE

C'est moi que cela regarde.

FRANTZ

Vous m'aimez, vous? Vous aimez le boucher de
Smolensk?

LE PÈRE

Le boucher de Smolensk, c'est toi.

FRANTZ

Bon, bon, ne vous gênez pas. *(Rire volontaire-
ment vulgaire.)* Tous les goûts sont dans la nature.
(Brusquement.) Vous me travaillez! Quand vous
montrez vos sentiments, c'est qu'ils peuvent servir vos projets. Je vous dis que vous me travaillez : des coups de boutoir et puis on s'attendrit;
quand vous me jugerez à point... Allons! Vous
n'avez eu que trop de temps pour ruminer cette
affaire et vous êtes trop impérieux pour n'avoir
pas envie de la régler à votre façon.

LE PÈRE, *ironie sombre.*

Impérieux! Cela m'a bien passé. *(Un temps. Il
rit pour lui seul, égayé mais sinistre. Puis il se
retourne sur Frantz. Avec une grande douceur,
implacable.)* Mais pour cette affaire, oui : je la
réglerai.

FRANTZ, *bondissant en arrière.*

Je vous en empêcherai : est-ce que cela vous
regarde?

LE PÈRE

Je veux que tu ne souffres plus.

FRANTZ, *dur et brutal*
comme s'il accusait une autre personne.

Je ne souffre pas : j'ai fait souffrir. Peut-être saisirez-vous la nuance?

LE PÈRE

Je la saisis.

FRANTZ

J'ai tout oublié. Jusqu'à leurs cris. Je suis vide.

LE PÈRE

Je m'en doute. C'est encore plus dur, non?

FRANTZ

Pourquoi voulez-vous?

LE PÈRE

Tu es possédé depuis quatorze ans par une souffrance que tu as fait naître et que tu ne ressens pas.

FRANTZ

Mais qui vous demande de parler de moi? Oui. C'est encore plus dur : je suis son cheval, elle me chevauche. Je ne vous souhaite pas ce cavalier-là. *(Brusquement.)* Alors? Quelle solution? *(Il regarde son père, les yeux écarquillés.)* Allez au diable!

Il lui tourne le dos et remonte l'escalier péniblement.

LE PÈRE, *il n'a pas fait un geste pour le retenir.
Mais quand Frantz est sur le palier du premier étage,
il parle d'une voix forte.*

L'Allemagne est dans ta chambre! *(Frantz se
retourne lentement.)* Elle vit, Frantz! Tu ne l'oublieras plus.

FRANTZ

Elle vivote, je le sais, malgré sa défaite. Je m'en
arrangerai.

LE PÈRE

A cause de sa défaite, c'est la plus grande puissance de l'Europe. T'en arrangeras-tu? *(Un
temps.)* Nous sommes la pomme de discorde et
l'enjeu. On nous gâte; tous les marchés nous sont
ouverts, nos machines tournent : c'est une forge.
Défaite providentielle, Frantz : nous avons du
beurre et des canons. Des soldats, mon fils!
Demain la bombe! Alors nous secouerons la cri-
nière et tu les verras sauter comme des puces, nos
tuteurs.

FRANTZ, *dernière défense.*

Nous dominons l'Europe et nous sommes battus! Qu'aurions-nous fait vainqueurs?

LE PÈRE

Nous ne pouvions pas vaincre.

FRANTZ

Cette guerre, il fallait donc la perdre?

LE PÈRE

Il fallait la jouer à qui perd gagne : comme toujours.

FRANTZ

C'est ce que vous avez fait?

LE PÈRE

Oui : depuis le début des hostilités.

FRANTZ

Et ceux qui aimaient assez le pays pour sacrifier leur honneur militaire à la victoire...

LE PÈRE, *calme et dur.*

Ils risquaient de prolonger le massacre et de nuire à la reconstruction. *(Un temps.)* La vérité, c'est qu'ils n'ont rien fait du tout, sauf des meurtres individuels.

FRANTZ

Beau sujet de méditation : voilà de quoi m'occuper dans ma chambre.

LE PÈRE

Tu n'y resteras plus un instant.

FRANTZ

C'est ce qui vous trompe : je nierai ce pays qui me renie.

LE PÈRE

Tu l'as tenté treize ans sans grand succès. A présent, tu sais tout : comment pourrais-tu te reprendre à tes comédies?

FRANTZ

Et comment pourrais-je m'en déprendre? Il faut que l'Allemagne crève ou que je sois un criminel de droit commun.

LE PÈRE

Exact.

FRANTZ

Alors? *(Il regarde le Père, brusquement.)* Je ne veux pas mourir.

LE PÈRE, *tranquillement.*

Pourquoi pas?

FRANTZ

C'est bien à vous de le demander. Vous avez écrit votre nom.

LE PÈRE

Si tu savais comme je m'en fous!

FRANTZ

Vous mentez, Père : vous vouliez faire des bateaux et vous les avez faits.

LE PÈRE

Je les faisais pour toi.

FRANTZ

Tiens! Je croyais que vous m'aviez fait pour eux. De toute façon, ils sont là. Mort, vous serez une flotte. Et moi? Qu'est-ce que je laisserai?

LE PÈRE

Rien.

FRANTZ, *avec égarement.*

Voilà pourquoi je vivrai cent ans. Je n'ai que ma vie, moi. *(Hagard.)* Je n'ai qu'elle! On ne me la prendra pas. Croyez que je la déteste, mais je la préfère à *rien.*

LE PÈRE

Ta vie, ta mort, de toute façon, c'est *rien.* Tu n'es rien, tu ne fais rien, tu n'as rien fait, tu ne peux rien faire. *(Un long temps. Le Père s'approche lentement de l'escalier. Il se place contre la lampe au-dessous de Frantz et lui parle en levant la tête.)* Je te demande pardon.

FRANTZ, *raidi par la peur.*

A moi, vous? C'est une combine! *(Le Père attend. Brusquement.)* Pardon de quoi?

LE PÈRE

De toi. *(Un temps. Avec un sourire.)* Les parents sont des cons : ils arrêtent le soleil. Je croyais que le monde ne changerait plus. Il a changé. Te rappelles-tu cet avenir que je t'avais donné?

FRANTZ

Oui.

LE PÈRE

Je t'en parlais sans cesse et, toi, tu le voyais. *(Frantz fait un signe d'assentiment.)* Eh bien, ce n'était que mon passé.

FRANTZ

Oui.

LE PÈRE

Tu le savais?

FRANTZ

Je l'ai toujours su. Au début, cela me plaisait.

LE PÈRE

Mon pauvre petit! Je voulais que tu mènes l'Entreprise après moi. C'est elle qui mène. Elle choisit ses hommes. Moi, elle m'a éliminé : je possède mais je ne commande plus. Et toi, petit prince, elle t'a refusé du premier instant : qu'a-t-elle besoin d'un prince? Elle forme et recrute elle-même ses gérants. *(Frantz descend les marches lentement pendant que le Père parle.)* Je t'avais donné tous les mérites et mon âpre goût du pouvoir, cela n'a pas servi. Quel dommage! Pour agir, tu prenais les plus gros risques et, tu vois, elle transformait en gestes tous tes actes. Ton tourment a fini par te pousser au crime et jusque dans le crime elle t'annule : elle s'engraisse de ta défaite. Je n'aime pas les remords, Frantz, cela ne sert pas. Si je pouvais croire que tu sois efficace ailleurs et autrement... Mais je t'ai fait monarque; aujourd'hui cela veut dire : propre à rien.

FRANTZ, *avec un sourire.*

J'étais voué?

LE PÈRE

Oui.

FRANTZ

A l'impuissance?

LE PÈRE

Oui.

FRANTZ

Au crime?

LE PÈRE

Oui.

FRANTZ

Par vous?

LE PÈRE

Par mes passions, que j'ai mises en toi. Dis à

ton tribunal de Crabes que je suis seul coupable
— et de tout.

FRANTZ, *même sourire.*

Voilà ce que je voulais vous entendre dire. *(Il
descend les dernières marches et se trouve de plain-
pied avec le Père.)* Alors j'accepte.

LE PÈRE

Quoi?

FRANTZ

Ce que vous attendez de moi. *(Un temps.)* Une
seule condition, tous les deux, tout de suite.

LE PÈRE, *brusquement décontenancé.*

Tout de suite?

FRANTZ

Oui.

LE PÈRE, *voix enrouée.*

Tu veux dire aujourd'hui?

FRANTZ

Je veux dire : à l'instant. *(Un silence.)* C'est ce
que vous vouliez?

LE PÈRE, *il tousse.*

Pas... si tôt.

FRANTZ

Pourquoi pas?

LE PÈRE

Je viens de te retrouver.

FRANTZ

Vous n'avez retrouvé *personne.* Même pas vous. *(Il est calme et simple, pour la première fois, mais parfaitement désespéré.)* Je n'aurai rien été qu'une de vos images. Les autres sont restées dans votre tête. Le malheur a voulu que celle-ci se soit incarnée. A Smolensk, une nuit, elle a eu... quoi? Une minute d'indépendance. Et voilà : vous êtes coupable de tout sauf de cela. *(Un temps.)* J'ai vécu treize ans avec un revolver chargé dans mon tiroir. Savez-vous pourquoi je ne me suis pas tué? Je me disais : ce qui est fait restera fait. *(Un temps. Profondément sincère.)* Cela n'arrange rien de mourir : cela ne m'arrange pas. J'aurais voulu... vous allez rire : j'aurais voulu n'être jamais né. Je ne mentais pas toujours, là-haut. Le soir, je me promenais à travers la chambre et je pensais à vous.

LE PÈRE

J'étais ici, dans ce fauteuil. Tu marchais : je t'écoutais.

FRANTZ, *indifférent et neutre.*

Ah! *(Enchaînant.)* Je pensais : s'il trouvait moyen de la rattraper, cette image rebelle, de la

reprendre en moi, de l'y résorber, il n'y aurait
jamais eu que lui.

LE PÈRE

Frantz, il n'y a jamais eu que moi.

FRANTZ

C'est vite dit : prouvez-le. *(Un temps.)* Tant
que nous vivrons, nous serons deux. *(Un temps.)*
La Mercédès avait six places mais vous n'emme-
niez que moi. Vous disiez : « Frantz, il faut t'aguer-
rir, nous ferons de la vitesse. » J'avais huit ans;
nous prenions cette route au bord de l'Elbe... Il
existe toujours, le Teufelsbrücke?

LE PÈRE

Toujours.

FRANTZ

Passe dangereuse : il y avait des morts chaque
année.

LE PÈRE

Il y en a chaque année davantage.

FRANTZ

Vous disiez : « Nous y sommes » en appuyant
sur l'accélérateur. J'étais fou de peur et de joie.

LE PÈRE, *souriant légèrement.*

Une fois nous avons failli capoter.

FRANTZ

Deux fois. Les autos vont plus vite, aujour-
d'hui?

LE PÈRE

La Porsche de ta sœur fait du 180.

FRANTZ

Prenons-la.

LE PÈRE

Si tôt!...

FRANTZ

Qu'espérez-vous?

LE PÈRE

Un répit.

FRANTZ

Vous l'avez. *(Un temps.)* Vous savez bien qu'il
ne durera pas. *(Un temps.)* Je ne passe pas
d'heures sans vous haïr.

LE PÈRE

En ce moment?

FRANTZ

En ce moment, non. *(Un temps.)* Votre image
se pulvérisera avec toutes celles qui ne sont jamais

sorties de votre tête. Vous aurez été ma cause et mon destin jusqu'au bout.

Un temps.

LE PÈRE

Bien. *(Un temps.)* Je t'ai fait, je te déferai. Ma mort enveloppera la tienne et, finalement, je serai seul à mourir. *(Un temps.)* Attends. Pour moi non plus, je ne pensais pas que tout irait si vite. *(Avec un sourire qui cache mal son angoisse.)* C'est drôle, une vie qui éclate sous un ciel vide. Ça... ça ne veut rien dire. *(Un temps.)* Je n'aurai pas de juge. *(Un temps.)* Tu sais, moi non plus, je ne m'aimais pas.

FRANTZ, *posant la main sur le bras du Père.*

Cela me regardait.

LE PÈRE, *même jeu.*

Enfin, voilà. Je suis l'ombre d'un nuage; une averse et le soleil éclairera la place où j'ai vécu. Je m'en fous : qui gagne perd. L'Entreprise qui nous écrase, je l'ai faite. Il n'y a rien à regretter. *(Un temps.)* Frantz, veux-tu faire un peu de vitesse? Cela t'aguerrira.

FRANTZ

Nous prenons la Porsche?

LE PÈRE

Bien sûr. Je vais la sortir du garage. Attends-moi.

FRANTZ

Vous ferez le signal?

LE PÈRE

Les phares? Oui. *(Un temps.)* Leni et Johanna
sont sur la terrasse. Dis-leur adieu.

FRANTZ

Je... Soit... Appelez-les.

LE PÈRE

A tout à l'heure, mon petit.

Il sort.

SCÈNE II

FRANTZ seul, puis LENI et JOHANNA

On entend le Père crier à la cantonade.

LE PÈRE, *à la cantonade.*

Johanna! Leni!

> *Frantz s'approche de la cheminée et regarde sa photo. Brusquement, il arrache le crêpe et le jette sur le sol.*

LENI, *qui vient d'apparaître sur le seuil.*

Qu'est-ce tu fais?

FRANTZ, *riant.*

Je suis vivant, non?

> *Johanna entre à son tour. Il revient sur le devant de la scène.*

LENI

Tu es en civil, mon lieutenant?

FRANTZ

Le père va me conduire à Hambourg et je

m'embarquerai demain. Vous ne me verrez plus.
Vous avez gagné, Johanna : Werner est libre.
Libre comme l'air. Bonne chance. *(Il est au bord
de la table. Touchant le magnétophone de l'index.)*
Je vous fais cadeau du magnétophone. Avec mon
meilleur enregistrement : le 17 décembre 53. J'étais
inspiré. Vous l'écouterez plus tard : un jour que
vous voudrez connaître l'argument de la Défense,
ou tout simplement, vous rappeler ma voix. L'ac-
ceptez-vous ?

JOHANNA

Je l'accepte.

FRANTZ

Adieu.

JOHANNA

Adieu.

FRANTZ

Adieu, Leni. *(Il lui caresse les cheveux comme
le Père.)* Tes cheveux sont doux.

LENI

Quelle voiture prenez-vous ?

FRANTZ

La tienne.

LENI

Par où passerez-vous ?

FRANTZ

Par l'Elbe-Chaussée.

*Deux phares d'auto s'allument au-dehors;
leur lumière éclaire la pièce à travers la porte-
fenêtre.*

LENI

Je vois. Le père te fait signe. Adieu.

*Frantz sort. Bruit d'auto. Le bruit s'enfle
et décroît. Les lumières ont balayé l'autre
porte-fenêtre et ont disparu. La voiture est
partie.*

SCÈNE III

JOHANNA, LENI

LENI

Quelle heure est-il?

JOHANNA, *plus proche de l'horloge.*

Six heures trente-deux.

LENI

A six heures trente-neuf ma Porsche sera dans l'eau. Adieu!

JOHANNA, *saisie.*

Pourquoi?

LENI

Parce que le Teufelsbrücke est à sept minutes d'ici.

JOHANNA

Ils vont...

LENI

Oui.

JOHANNA, *dure et crispée.*

Vous l'avez tué!

LENI, *aussi dure.*

Et vous? *(Un temps.)* Qu'est-ce que cela peut faire : il ne voulait pas vivre.

JOHANNA, *qui se tient toujours,*
prête à craquer.

Sept minutes.

LENI, *elle se rapproche de l'horloge.*

Six à présent. Non. Cinq et demie.

JOHANNA

Est-ce qu'on ne peut pas...

LENI, *toujours dure.*

Les rattraper? Essayez. *(Un silence.)* Qu'allez-vous faire à présent?

JOHANNA, *essayant de se durcir.*

Werner en décidera. Et vous?

LENI, *désignant la chambre de Frantz.*

Il faut un séquestré, là-haut. Ce sera moi. Je ne vous reverrai plus, Johanna. *(Un temps.)* Ayez la bonté de dire à Hilde qu'elle frappe à cette porte demain matin, je lui donnerai mes ordres. *(Un temps.)* Deux minutes encore. *(Un temps.)* Je ne vous détestais pas. *(Elle s'approche du magnétophone.)* L'argument de la Défense.

Elle l'ouvre.

JOHANNA

Je ne veux pas...

LENI

Sept minutes! Laissez donc : ils sont morts.

Elle appuie sur le bouton du magnétophone immédiatement après ses derniers mots. La voix de Frantz retentit presque aussitôt. Leni traverse la pièce pendant que Frantz parle. Elle monte l'escalier et entre dans la chambre.

VOIX DE FRANTZ, *au magnétophone.*

Siècles, voici mon siècle, solitaire et difforme, l'accusé. Mon client s'éventre de ses propres mains; ce que vous prenez pour une lymphe blanche, c'est du sang : pas de globules rouges, l'accusé meurt de faim. Mais je vous dirai le secret de cette perforation multiple : le siècle eût été bon si l'homme n'eût été guetté par son ennemi cruel, immémorial, par l'espèce carnassière qui avait juré sa perte, par la bête sans poil et maligne, par l'homme. Un et un font un, voilà notre mystère. La bête se cachait, nous surprenions son regard, tout à coup, dans les yeux intimes de nos prochains; alors nous frappions : légitime défense préventive. J'ai surpris la bête, j'ai frappé, un homme est tombé, dans ses yeux mourants j'ai vu la bête, toujours vivante, moi.

Un et un font un : quel malentendu! De qui, de quoi, ce goût rance et fade dans ma gorge? De l'homme? De la bête? De moi-même? C'est ce goût du siècle. Siècles heureux, vous ignorez nos haines, comment comprendriez-vous l'atroce pouvoir de nos mortelles amours. L'amour, la haine, un et un... Acquittez-nous! Mon client fut le premier à connaître la honte : il sait qu'il est nu. Beaux enfants, vous sortez de nous, nos douleurs vous auront faits. Ce siècle est une femme, il accouche, condamnerez-vous votre mère? Hé? Répondez donc! *(Un temps.)* Le trentième ne répond plus. Peut-être n'y aura-t-il plus de siècles après le nôtre. Peut-être qu'une bombe aura soufflé les lumières. Tout sera mort : les yeux, les juges, le temps. Nuit. O tribunal de la nuit, toi qui fus, qui seras, qui es, j'ai été! J'ai été! Moi, Frantz, von Gerlach, ici, dans cette chambre, j'ai pris le siècle sur mes épaules et j'ai dit : j'en répondrai. En ce jour et pour toujours. Hein quoi?

Leni est entrée dans la chambre de Frantz.
Werner paraît à la porte du pavillon. Johanna
le voit et se dirige vers lui. Visages inexpres-
sifs. Ils sortent sans se parler. A partir de
« Répondez donc », la scène est vide.

RIDEAU

DU MÊME AUTEUR

LE DIABLE ET LE BON DIEU, *théâtre*.

SAINT GENET, COMÉDIEN ET MARTYR (tome premier des Œuvres complètes de Jean Genet), *essai*.

RÉFLEXIONS SUR LA QUESTION JUIVE, *essai*.

KEAN, adapté d'Alexandre Dumas, *théâtre*.

NEKRASSOV, *théâtre*.

LES SÉQUESTRÉS D'ALTONA, *théâtre*.

CRITIQUE DE LA RAISON DIALECTIQUE, précédé de QUESTIONS DE MÉTHODE, *philosophie*.

LES MOTS, *autobiographie*.

QU'EST-CE QUE LA LITTÉRATURE?, *essai*.

LES TROYENNES, adapté d'Euripide, *théâtre*.

L'IDIOT DE LA FAMILLE, I, II, III *(Gustave Flaubert de 1821 à 1857)*, *essai*.

PLAIDOYER POUR LES INTELLECTUELS, *essai*.

UN THÉÂTRE DE SITUATIONS, *essai*.

CRITIQUES LITTÉRAIRES.

SARTRE, *texte intégral du film réalisé par Alexandre Astruc et Michel Contat.*

ŒUVRES ROMANESQUES.

ENTRETIENS SUR LA POLITIQUE, *en collaboration avec Gérard Rosenthal et David Rousset.*

ON A RAISON DE SE RÉVOLTER, *essai, en collaboration avec Philippe Gavi et Pierre Victor.*

L'AFFAIRE HENRI MARTIN, *textes commentés par J.-P. Sartre.*

Cet ouvrage a été composé
et achevé d'imprimer par l'Imprimerie Floch
à Mayenne le 16 décembre 1986.
Dépôt légal : décembre 1986.
1ᵉʳ dépôt légal dans la même collection : février 1972.
Numéro d'imprimeur : 24969.

ISBN 2-07-036938-2 / Imprimé en France.